I WANT TO GO TO COLLEGE

CHRYSANTHUS FOGHA CASPA

I WANT TO GO TO COLLEGE

대학에 가고 싶다

크리스 카스파 지음

[Chrysanthus Fogha Caspa]

학교를 다니겠다는 꿈을 이루기 위해 온갖 역경을

헤쳐 나가는 어린 아프리카 소년의 이야기...

Yelim Publishing

Forword

Chrysanthus Fogha Caspa
(Chris Caspa)

This story is about a young African boy who fights all odds to pursue his dream of attending school, although his mother's cousin told him to give up on it. All this happened because of his mother's sudden death when he was just seven years old. He struggles through life with this grief in his mind. At eleven, he is sent to live with his mother's cousin, Mr. Charles, because no one can help raise him.

He is happy to live with Mr. Charles, his wife, and their three children. His happiness is short-lived, however, because, within just a week of living there, he is reduced to a servant in the house, doing all the housework. He feels the loss of his mother even more as he becomes overwhelmed with the chores. Despite all this, he has a big dream to go to middle school, or college as it is called in Cameroon. He performs very well in class six, being the thirdbest student in his class. This position qualifies him to sit for the entrance examination into college or secondary school. He shares this news with Mr. Charles, who not only dismisses it but also makes him understand that he has no plans to sponsor him to college. Instead, he intends to send him to become an apprentice in his uncle's workshop to learn carpentry.

Little Chris is completely devastated by this revelation from Mr. Charles. With a burning desire to go to college, he devises a plan to make his dream come true by escaping from Mr. Charles's house to live with his maternal aunt, who lives in the Hotspot Quarter, far away from

Mr. Charles's home. His plan to escape materializes on December 23rd, which happens to be his birthday. He hides his personal belongings in the bush and watches as things unfold after Mr. Charles and his wife go to the city for Christmas shopping. After He finished helping some builders who were working at the house, Mr. Charles's children were playing in the front yard he wrote a note that said, "I am not lost, I am gone, and so do not go looking for me. I will go to college with or without you." He drops the note under his bedroom door and takes off into the bushes. He chooses bush roads because he does not want to be seen by either Mr. Charles or his wife. The journey is not easy, but he is very determined to make it to his aunt's house. He finally arrives there.

When he sees his aunt, he bursts into tears, crying and calling his late mother's name over and over. His aunt cries with him, and their crying wakes her twin babies, who were napping. They both stop crying to attend to the young three-month-old babies.

He explains his dream to his aunt and tells her how hard he has studied to be allowed to write the college entrance and how Mr. Charles had told him to forget about it and focus on finishing primary school and becoming a carpenter. He then tells his aunt of his dream to go to college and become an important person when he grows up. His aunt agrees with him and says she understands because that is what his late mother wanted him to become when she was alive. She promises to ask her husband to help him, if he can, to achieve his dream and go to college. In the end, Little Chris makes it to college and his life is not what Mr. Charles wanted but what he dreamed of and wanted.

January 2026

머리말

이 이야기는 어머니의 사촌이 포기하라고 말했음에도 불구하고 학교를 다니겠다는 꿈을 이루기 위해 온갖 역경을 헤쳐 나가는 어린 아프리카 소년의 이야기입니다. 이 모든 것은 그가 겨우 일곱 살이었을 때 어머니의 갑작스러운 죽음으로 인해 일어났습니다.

그는 이 슬픔 속에서 삶을 헤쳐 나갑니다. 열한 살이 되자, 아무도 그를 키울 수 없다는 이유로 어머니의 사촌인 찰스 씨와 함께 살게 됩니다.

그는 찰스 씨와 그의 아내, 그리고 세 자녀와 함께 사는 것이 행복합니다. 하지만 행복은 오래가지 못합니다. 그곳에 도착한 지 일주일도 채 되지 않아 집안일을 도맡아 하는 하인으로 전락하기 때문입니다. 집안일에 압도되면서 어머니를 잃은 슬픔은 더욱 커집니다. 이 모든 어려움에도 불구하고, 그는 중학교에 진학하겠다는 큰 꿈을 품고 있습니다. 그는 6학년 때 반에서 세번째로 성적이 우수합니다. 이 자리는 그에게 대학 또는 중등학교 입학 시험을 볼 자격을 줍니다. 그는 이 소식을 찰스 씨에게 전하지만, 찰스 씨는 그 말을 무시하고 대학에 보낼 계획이 없다고 말합니다. 대신, 그는 그를 삼촌의 작업장에서 목공을 배우도록 도제로 보낼 생각입니다.

어린 크리스는 찰스 씨의 이 말에 완전히 망연자실합니다. 대학에 가고 싶다는 열망에 불타는 그는 찰스 씨의 집에서 멀리 떨어진 핫스팟 지구에 사는 외숙모와 함께 살기 위해 찰스 씨의 집을 탈출하는 계획을 세웁니다. 그의 탈출 계획은 12월 23일, 공교롭게도 그의 생일에 실현됩니다.

그는 개인 소지품을 숲 속에 숨기고 찰스 씨와 그의 아내가 크리스마스 쇼핑을 위해 도시로 간 후, 일어나는 일들을 지켜봅니다.

머리말

집에서 일하는 건축업자들을 돕고 난 후, 찰스 씨의 아이들은 앞마당에서 놀고 있었고, 그는 이렇게 적힌 쪽지를 썼습니다. "나는 길을 잃은 게 아니예요. 이미 떠났어요. 그러니 나를 찾으러 다니지 마세요. 당신이 있든 없든 대학에 갈 거예요." 그는 쪽지를 침실 문 밑에 던지고 덤불 속으로 사라졌습니다. 찰스 씨나 아내에게 들키고 싶지 않았기에 덤불길을 택했습니다. 쉽지 않은 여정이었지만, 그는 이모네 집에 꼭 가야겠다는 굳은 결심을 굳혔습니다. 마침내 그는 그곳에 도착했습니다. 이모를 보자 그는 울음을 터뜨리며 돌아가신 어머니의 이름을 연신 불렀습니다. 이모도 함께 울었고, 그들의 울음소리에 낮잠을 자던 이모의 쌍둥이 아기들이 깨어났습니다. 둘은 울음을 그치고 생후 3개월 된 아기들을 돌보았습니다.

그는 이모에게 자신의 꿈을 설명하고, 대학 입학 시험에 응시할 수 있도록 얼마나 열심히 공부했는지, 그리고 찰스 선생님이 그 꿈은 잊고 초등학교를 마치고 목수가 되는 데 집중하라고 했다는 이야기를 들려줍니다. 그리고 이모에게 대학에 가서 중요한 사람이 되고 싶다는 자신의 꿈을 이야기합니다. 이모는 그의 말에 동의하며, 돌아가신 어머니가 생전에 그가 그렇게 되기를 바랐기 때문에 이해한다고 말합니다. 이모는 남편에게 할 수 있다면 꿈을 이루고 대학에 갈 수 있도록 도와달라고 부탁하겠다고 약속합니다. 결국 어린 크리스는 대학에 진학하고, 그의 삶은 찰스 씨가 원했던 삶이 아니라 그가 꿈꾸고 원했던 삶으로 변화합니다.

2026년 1월

Contents

The College Dreamer

Fogha or Munguh and his Mother's Cousin

What does not kill me, will only make me stronger regardless of the challenges

The Good Result With No Recognition

Did you Kill My Dream or Gave Me the Chance to Prove you Wrong?

The First Plan In Action

The Journey from Mile one Up Station to Hotspot Ntenefor

The Long and Winding Road

My New Friends And Life At Government Residential Area(G.R.A) Up Station

The Big Vacuum

The Inevitable Destructive Power of Death

Death stole everything from us

Faith and Natural Intuition

Common Entrance Examination Into Secondary School(College)

The Next Phase Of My Getting Into College

Mind control techniques for achieving goals

Dedications

목 차 «

대학에 갈 꿈을 꾸는 사람

포가 또는 몽구와 그의 어머니의 사촌 ---------------------- 15

나를 죽이지 못하는 것은 어떤 어려움 속에서도
나를 더 강하게 만들 뿐이다. --------- 23

인정받지 못한 좋은 결과 ------------------------------ 31

내 꿈을 죽였는가,
아니면 내게 당신이 틀렸다는 것을 증명할 기회를 주었는가? ----- 35

첫 번째 계획 실행
마일 원 업 스테이션에서 핫스팟 은테네포르까지의 여정 -------- 39

길고 구불구불한 길 -------------------------------- 45

정부 주거 지역(G.R.A) 업 스테이션에서의 새로운 친구들과 삶 --- 65

큰 공백 -------------------------------------- 71

죽음의 피할 수 없는 파괴력 ---------------------------- 79

죽음은 우리의 모든 것을 앗아갔다 ----------------------- 91

믿음과 자연스러운 직관 -----------------------------101

중등학교(대학) 공통 입학 시험 ------------------------107

내가 대학에 입학하기 위한 다음 단계 --------------------115

목표 달성을 위한 마인드 컨트롤 테크닉 -------------------123

헌 정 ---141

The College Dreamer

"Against All Odds: The Journey of a Determined African Boy"

Believe in your ability to overcome challenges. A positive attitude can significantly impact your potential and problem-solving skills.

대학에 갈 꿈을 꾸는 사람

"모든 역경에도 불구하고, 결연한 아프리카 소년의 여정"

어려움을 극복할 수 있는 자신의 능력을 믿어라. 긍정적인 태도는 잠재력과 문제 해결 능력에 큰 영향을 미칠 수 있다.

Fogha or Munguh And His Mother's Cousin

It was 1988 and I was in class six at Government School Bamenda Station. A very prestigious old primary school where many elites in the government including the then Prime Minister of Cameroon Achidi Achu Simon attended. Most of the children of important personalities in Bamenda who lived at upstation went there. Even the Governor`s children went there. The son of the assistant delegate of education went there.

I made friends with them, we played and had fun together as kids.

Even though we played studied and had fun together, you will know that you were different, during the lunch break time, when they will either bring out their lunch boxes or spending money to go buy "Alaska(popsicle)" fish rolls or rice and beans or yogurt and or all the other delicacies that were sold at the dinning shed(cafeteria), internally I felt left behind because I had very little or nothing.

I was living with my mother`s cousin Mr. Charles. I hardly had any lunch money; if I had it, it was 10 francs(frs) and 10 cents in the USA dollars to spend.

포가 또는 몽구와 그의 어머니의 사촌

때는 1988년이었고, 나는 바멘다 스테이션 공립학교 6학년이었다. 당시 카메룬 총리 아치디 아추 시몬을 비롯한 많은 정부 고위 인사들이 다녔던 매우 유명한 오래된 초등학교였다. 업스테이션에 살았던 바멘다 지역의 주요 인사들의 자녀들은 대부분 그곳에 다녔다. 주지사의 자녀들도 그곳에 다녔고, 교육부 차관의 아들도 그곳에 다녔다.

나는 그들과 친구가 되었고, 우리는 어린 시절 함께 놀고 즐거운 시간을 보냈다.

우리는 함께 놀고, 공부하고, 즐겼지만, 점심시간이 되면 도시락을 꺼내거나 돈을 써서 **"알래스카**(아이스크림)**"** 생선 롤, 밥과 콩, 요구르트, 그리고 구내식당에서 파는 온갖 맛있는 음식들을 사먹는 모습을 보면서, 나는 가진 것이 거의 없거나 아예 없었기 때문에 소외감을 느꼈다.

나는 어머니의 사촌 찰스 씨와 함께 살고 있었다. 점심값은 거의 없었다. 있었다고 해도 10프랑(frs)에 미국달러로 10센트 정도밖에 쓸 수 없었다.

This could scarcely buy me anything, so I would save it for a week to make 50frs 50 cents so that I could enjoy beans for 20frs and three puff-puff for 30frs on Friday at the dining shed.

I joined the school band in September immediately upon starting school and played the clarinet. Even though I never played it before, I quickly learned how to play it with the help of our band mistress Mrs. Samdim Mbeng. She would let me borrow the school`s clarinet and practice it at home. So, within the first few months, I could play all the songs.

이 돈으로는 거의 아무것도 살 수 없었기에, 일주일 동안 모아서 50프랑(50센트)을 만들어 금요일에 식당에서 20프랑짜리 콩요리와 30프랑짜리 퍼프퍼프 세 개를 사 먹곤했다.

나는 9월에 학교에 입학하자마자 바로 학교 밴드에 들어가 클라리넷을 연주했다. 전에 연주해 본적이 없었지만, 우리 밴드 지휘자 쌈딤 음벵 부인의 도움으로 빠르게 연주하는 법을 배웠다. 그녀는 학교 클라리넷을 빌려주셔서 집에서 연습하게 해 주셨다. 그래서 몇 달 만에 모든 곡을 연주할 수 있었다.

We practiced for the 11th of February(Youth Day). Our school band also played on the National Day 20th May celebration. G.S.B.S as it was called was held with high esteem.

We played the band for all Government primary schools in Bamenda town to march on Youth Day 11th February and 20th May celebrations.

At Government School Bamenda Station(GSBS), the first term is important to all class seven students because that is when they register for the Common Entrance Examination(C.E.E) into College or Secondary School. It is also very important to students in class six too, because the three best students in class six qualify to register for the(C.E.E)

This was a big deal to us all, as some of us who were aspiring to go to secondary school earlier had to prove that we were ready for the challenge.

I did my best and, at the end, I was the 3rd in the whole of class six A and B, with about 80 pupils in total. I was even given a prize on the closing day by Pa Jing, who was the chairman of PTA. I was filled with joy that I was recognized on stage in front of all the teachers and parents, and of course all the students of G.S.B.S.

But most importantly, I would have a chance to go to college(secondary/middle school), if I wrote and passed the Common Entrance Examination into college, either list A or list B.

우리는 2월 11일(청소년의 날)을 위해 연습했다. 우리 학교의 밴드는 5월 20일 국경일 행사에도 참여했다. G.S.B.S라고 불리는 이 행사는 매우 성대하게 개최되었다.

우리는 바멘다 타운의 모든 공립 초등학교들이 2월 11일 청소년의 날과 5월 20일 행사에서 행진할 때 밴드 연주를 했다.

국립학교 바멘다 스테이션(GSBS)에서는 모든 7학년 학생들에게 첫 학기가 중요하다. 왜냐하면 첫 학기는 대학이나 중등학교 공통 입학 시험(C.E.E)에 등록하는 시기이기 때문이다. 6학년 학생들에게도 매우 중요하다. 왜냐하면 6학년에서 상위 3명의 우수한 학생이 C.E.E에 등록할 자격을 얻게 되기 때문이다.

중등학교 조기 진학을 열망했던 우리 중 일부는 이 도전에 대한 준비가 되었음을 증명해야 했기 때문에 이것은 우리 모두에게 큰 의미가 있었다.

나는 최선을 다했고, 결국 약 총 80명의 학생이 있었던 6학년 A반과 B반 전체에서 3등을 했다. 마지막 날에는 PTA 회장이셨던 파징(Pa Jing)에게 상도 받았다. 모든 선생님과 학부모, 그리고 G.S.B.S의 모든 학생들 앞에서 무대에 올라 인정받게 되어 정말 기뻤다.

하지만 가장 중요한 것은 내가 만약 대학 입학 공통시험에 응시하여 리스트A나 리스트B에 합격 하면 중등학교(대학)에 진학할 기회를 얻게 된다는 것이다.

List A meant that I could go to any mission college or private school of my choice or any government secondary school of my choice too.

This would mean I had the world in my hands, I believed i will make it if I focused in that vision. I was very excited to go home and tell Mr. Charles. He was a trained teacher who taught in the Catholic mission primary school in the Northwest province before writing and passing the entrance examination into the cooperative college back in the days.

So, he worked at the National Cooperative Office in downtown Bamenda. He was married with four kids at that time, with the youngest being just about three months old.

리스트 A는 내가 원하는 미션 칼리지나 사립학교, 또는 원하는 국립 중등학교에 진학할 수있다는 것을 뜻했다.

이것은 내 손에 세상이 있다는 뜻이었고, 그 비전에 집중한다면 해낼 수 있을 것이라고 믿었다.

집에 가서 찰스 씨에게 말씀드리는게 정말 신났다.

그는 교사 자격증을 소지하고 있었으며, 과거에 북서부 지역의 가톨릭 미션 초등학교에서 가르치다가 협동조합 대학 입학 시험에 합격하였다.

그래서 바멘다 시내에 있는 전국 협동조합 사무실에서 일했다. 당시 그는 기혼이었고, 네 아이가 있었는데, 막내는 생후 3 개월쯤 되었다.

What does not kill me will only make me stronger regardless of the challenge

Life at home was okay for me at that time living with his family. I had three meals a day, even if they were leftovers from days before, the burnt part of the rice or fufu.

I had something to keep my stomach full. I could go to school every day and play with great friends that filled my life with happiness most of the time.

But all the house chores were done by me.

나를 죽이지 못하는 것은 어떤 어려움 속에서도 나를 더 강하게 만들 뿐이다

당시 그의 가족과 함께 사는 집에서의 생활은 괜찮았다. 며칠 전에 남은 음식이나 밥이 탄 부분, 혹은 푸푸(fufu)였지만 하루 세 끼를 먹을 수 있었다.

배를 채울 무언가가 있었다. 매일 학교에 다닐 수 있었고, 대부분의 시간을 행복하게 보내게 해 준 좋은 친구들과 놀았다.

하지만 집안일은 모두 내가 했다.

Filling the drums with water every evening, washing the dishes, and even washing the napkins of his youngest child was my job.

I particularly hated this because it smelled so bad from urine and pup.

Can you imagine an 11-year-old boy doing that daily? Yikes! But I had no choice other than to do it.

I was always reminded that this was not my parents' house. This was not my mom or dad that I could complain to about doing anything.

I just had to suck it up and do it. I was always reminded of the fact that this was not our house so I wasn't allowed to complain.

I carried firewood, Irish potatoes, bean and charcoal from Mendakwe village to sell in Bamenda town on some Saturdays. From the village, we passed through Moyo corner to mile one up station, then down the stiff hill to behind the bishop's house and then finally to the Big Mankon school football field where we rested, drank water and planned how to sell whatever we brought.

These trips took About an hour and for experienced people or an hour and a half for some of us amateurs.

매일 저녁 드럼통에 물을 채우고, 설거지를하고, 심지어 막내아이의 기저귀까지 빨아주는게 내 일이었다.

나는 특히 소변 냄새와 배설물 냄새가 너무 심해서 이것이 정말 싫었다.

11살짜리 아이가 매일 그런 일을 한다는 게 상상이나 되는가? 세상에! 하지만 그 일을 할 수밖에 없었다.

내게 여기는 부모님 집이 아니라는 사실을 늘 상기시켰다. 무슨 일을 해도 내가 불평할 수 있는 엄마나 아빠가 아니었다. 그냥 받아들이고 그것을 해야 했다.

내게 여기는 우리 집이 아니니 불평하도록 허용되지 않는다는 사실을 늘 상기시켰다.

어떤 토요일에는 멘다크웨 마을에서 장작, 아일랜드 감자, 콩, 숯을 가져가서 바멘다 시내에서 팔았다. 마을에서 모요 코너를 지나 마일 원 업 스테이션까지 갔다가, 가파른 언덕을 내려가 주교님 집 뒤편으로 갔다가, 마침내 빅 만콘 학교 축구장에 도착했다. 그곳에서 쉬고, 물을 마시며 가져온 것을 어떻게 팔지 계획을 세웠다.

이런 과정은 숙련된 사람들은 한 시간 정도 걸렸고, 우리 같은 아마추어들은 한 시간 반 정도 걸렸다.

We always moved in groups caring and supporting each and every one of us should in case something went wrong; like someone falling, getting too tired or falling while descending the stiff hill from Mile one to behind the bishop's house.

I fell on that hill one time and lost almost all the Irish potatoes I was carrying to go sell.

Thanks to the love and support of all the other kids with whom I was with.

우리는 항상 무리 지어 이동하며 누군가 넘어지거나, 너무 지치거나, 마일 원 업 스테이션에서 주교 관저 뒤편으로 이어지는 가파른 언덕을 내려가다가 넘어지는 등, 뭔가 잘못되면 서로를 돌보고 지지해 주었다.

나도 한 번은 그 언덕에서 넘어져서 팔려고 했던 아일랜드 감자를 거의 다 잃어버렸다.

함께 있던 다른 아이들의 사랑과 지지에 감사한다.

They all gave me two or three Irish potatoes to fill back my basin after we struggled and pick up what we could find because some will actually roll down the hill that we cannot find. I also saw one of us who fell and lost all his firewood.

We contributed, by removing one each from our firewood bundle and giving in to her to make-up her new bundle of firewood to go sell at the Bamenda main market.

We most often sold our produced to people who ran restaurants or(buy am sell am) middle men who bought from us and sold to others within the week.

When we arrived at the big Mankon school field, we would split the firewood in to smaller bundle and go sell them and come for the next and next until we were done. If it was the Irish potatoes, we would put them in smaller basins and do same.

This way we sold and made more money than just selling in bulk. In the evening after selling all the things we brought down, we would buy the things that we are asked to buy, which was: kerosine, matches, palm oil and sometimes rice to carry back home to the village.

We would also buy garri and three cubes of sugar that we will mix together and soak with the tap water at Big Mankon, we will eat slowly as we climb back up the hill behind the bishops house, to mile one and finally to our various homes.

우리가 애써서 찾을 수 있는 것을 주운 후에 일부는 언덕 아래로 굴러 떨어져서 우리는 찾지 못했기 때문에 아이들은 모두 감자 두세 알을 내게 주어서 내 양푼을 채웠다. 우리 중 한 명이 넘어져 장작을 다 잃는 모습도 보았다.

우리는 우리의 장작에서 각자 한 개씩 꺼내서 그 아이에게 새 장작 꾸러미를 만들어서 바멘다 중앙 시장에 가서 팔도록 주었다.

우리는 우리의 물품을 주로 식당을 운영하는 사람들이나 (사고 파는) 중간 상인들에게 팔았는데, 그들은 우리에게서 사서 일주일 안에 다른 사람들에게 팔았다.

큰 만콘 학교 운동장에 도착하면 우리는 장작을 작은 묶음으로 쪼개서 팔고, 다음 묶음을 가지러 오고, 또 다음 묶음을 가지러 오는 식으로 다 팔 때까지 계속했다. 만약 아일랜드 감자라면 작은 통에 담아서 마찬가지로 팔았다.

이렇게 해서 대량으로 파는 것보다 더 많은 돈을 벌었다. 가져온 것을 모두 팔고 난 후 저녁에는 사라고 하는 물건들을 샀는데, 그것은 마을로 가져갈 등유, 성냥, 팜유, 그리고 가끔은 쌀이었다.

우리는 가리와 각설탕 세 개를 사서, 그것들을 섞어서 큰 만콘의 수돗물에 불린 다음, 주교관 뒤 언덕을 올라가 1마일 지점을 지나 각자의 집으로 돌아가는 길에 천천히 먹었다.

The Good Result With No Recognition

When I came back home with the great results, Mr. Charles`s wife was not particularly happy. She asked rather about the results of her own daughter, Edith. When she learned that Edith did badly, she just walked away and said completely nothing to me.

However, when Mr. Charles came back that evening, I presented my report card to him with much pride because he took time on some Saturday evenings to teach me both long and short divisions and sometimes multiplications.

인정받지 못한 좋은 결과

내가 좋은 성적을 거두고 집에 돌아왔을 때, 찰스 씨의 아내는 그다지 기뻐하지 않았다. 그녀는 오히려 자신의 딸 에디스의 성적에 대해 물었다. 에디스가 성적이 좋지 않다는 것을 알게 되자, 그녀는 그냥 가버리고 나에게 아무 말도 하지 않았다.

그러나 그날 저녁 찰스 씨가 돌아왔을 때, 나는 내 성적표를 자랑스럽게 제시했다. 왜냐하면 그가 토요일 저녁에 시간을 내어 나에게 긴 나눗셈과 짧은 나눗셈, 그리고 때로는 곱셈도 가르쳐 주었기 때문이다.

He was happy it had paid off and I had good results. I was very happy to share with him that now that I was amongst the best three in class six, I qualified to register for the Common Entrance Examination into college.

I asked if he could register me to take the Common Entrance Examination to college(middle School/Secondary School). He was sitting at the dining table, he had just finished his dinner.

I brought him water to wash his hands and a napkin to dry his hands before I presented my report card to him.

The table still had some drops of water.

He dropped my report card on the table, turned to me while I was still holding the pail of water in my hands, and spoke to me in a firm voice.

"You do not need to worry about the Common Entrance. Just focus on passing well during the third term and going to class seven. In class seven, you will write the First School Leaving Certificate. After that, your uncle John is a carpenter, you will become his apprentice." Learning a trade should be your focus not going to college.

그는 그것이 결실을 맺어 내가 좋은 성적을 거둔 것에 기뻐했다. 6학년에서 3등 안에 들어 대학 공통 입학 시험에 응시할 자격을 얻었다는 소식을 그에게 전할 수 있어서 정말 기뻤다.

나는 그에게 나를 중등학교(대학) 공통 입학 시험에 응시하도록 등록해 줄 수 있는지 물었다. 그는 식탁에 앉아 막 저녁 식사를 마친 상태였다.

나는 그에게 성적표를 보여주기 전에 손을 씻을 물과 손을 닦을 냅킨을 가져다주었다.

식탁에는 여전히 물방울이 몇 개 남아 있었다.

그는 내 성적표를 테이블 위에 떨어뜨리고, 내가 아직 물통을 든 채 있을 때 나를 돌아보며 단호한 목소리로 말했다.

"공통 입학 시험은 걱정할 필요 없어. 3학기 동안 잘 통과해서 7학년에 진학하는 데 집중해. 7학년 때 첫 졸업 증명서를 작성하게 될 거야. 그 후에는 네 삼촌 존이 목수니까, 너는 그의 견습생이 될 거야." 대학에 진학하는 것이 아니라 기술을 배우는데 집중해야 한다.

Did you Kill My Dream or Gave Me the Chance to Prove you Wrong?

I slowly walked out of the living room, opened the main door, and went out to the kitchen, which was outside. I sat down, and tears started running down my eyes like rain. I stayed there for a while until I heard him yelling my name. I dragged myself back to the main house. I cannot remember what he said, but the only thing I remembered was... "And bring my palm wine and cup." It was very normal for him to enjoy his palm wine after dinner every evening.

He saw that my future could only be as a carpenter, like my poor uncle who barely survived making kitchen stools, repairing broken furniture, or roofing houses.

Why did he see me that way?

This is not what I believed.

I believed that I would go to a good college and become somebody important one day. The more I thought about it, the more I remembered my mom, who had big dreams for me. She wanted me to go to good schools and become someone important like a Priest, Doctor or Lawyer.

Whenever Mr. Charles`s idea crossed my mind, the more I thought of my mother and the more I thought about her, the more I would cry.

내 꿈을 죽였는가, 아니면 내게 당신이 틀렸다는 것을 증명할 기회를 주었는가?

나는 천천히 걸어서 거실을 나와 현관문을 열고 바깥에 있는 부엌으로 나갔다. 나는 앉았고 눈물이 비처럼 흘러내리기 시작했다. 그가 내 이름을 외쳐 부르는 소리가 들릴 때까지 나는 잠시 그곳에 머물렀다. 나는 몸을 힘들게 이끌어 본채로 돌아갔다.

그가 무슨 말을 했는지는 기억나지 않지만, 유일하게 기억나는 것은… "그리고 내 야자주와 잔을 가져와"였다. 매일 저녁 식사 후 야자주를 즐기는 것은 그에게 아주 평범한 일이었다.

그는 내 미래가 부엌 의자를 만들고, 부서진 가구를 고치고, 집 지붕을 수리하며 간신히 연명하는 불쌍한 삼촌처럼 목수가 될 수밖에 없다고 생각했다.

왜 나를 그렇게 생각했을까?

나는 그렇게 생각하지 않았다.

나는 좋은 대학에 가서 언젠가 중요한 사람이 될 거라고 믿었다. 생각할수록 나에 대해 큰 꿈을 품었던 엄마가 떠올랐다. 엄마는 내가 좋은 학교에 가서 신부, 의사, 변호사처럼 중요한 사람이 되기를 바랐다.

찰스 씨의 생각이 떠오를 때마다 어머니 생각이 더 많이 나고, 어머니 생각이 더 많이 날수록 더 많이 울었다.

This made me cry more when I was alone and thought of my life and future. There was this thought that kept coming up in my mind. Focus and things will change for you.

Do not accept and let anyone to kill your dreams. You can do it. Your mind can take you anywhere you want in your life. I remembered the big dreams my mom had for me. I had to do something or let myself be the carpenter that he had chosen for me to become. The more I thought about going to college, the more ideas started developing in my mind.

Finally, I felt that for me to go to college, I had to make a very hard decision. It finally dawned on me that I had to make a move that will change my destiny. My destiny is in my hand. What I must do will shape my future.

I decided to leave his house and go somewhere that I can focus on my dreams.

I had to go to a place that people could see me for who I want to be, not what they want me to become. I wanted a place where people to see me as that smart boy who wants to make something better for himself through education not Mr. Charles.

I want to go to college, why did he not want me to go to college? That was the million dollars question I kept asking myself. I saw how people respected him because he was a teacher. In the community and in the village, they often called him Teacher Charles Mbunue.

그래서 혼자 있을 때, 내 삶과 미래를 생각할 때 더 많이 울었다. 끊임없이 이런 생각이 떠올랐다. 집중하면 모든 것이 달라질 거야.

누구도 당신의 꿈을 망치도록 내버려 두지 마. 할 수 있어. 네 마음은 네가 인생에서 원하는 곳 어디든 너를 데려갈 수 있어. 나는 어머니가 나에 대해 품었던 큰 꿈들을 기억했다. 나는 무언가를 해야 했고, 아니면 그가 나에 대해 선택한 목수가 되어야 했다. 대학 진학에 대해 생각할수록 더 많은 생각들이 머릿속에 떠오르기 시작했다.

결국, 내가 대학에 가려면 아주 어려운 결정을 내려야 한다는 것을, 내 운명을 바꿀 행동을 해야 한다는 것을 깨달았다. 내 운명은 내 손에 달려 있다. 내가 해야 하는 것이 나의 미래를 만들어갈 것이다.

나는 그의 집을 떠나 내 꿈에 집중할 수 있는 곳으로 가기로 결심했다.

사람들이 내가 어떤 사람이 되기를 바라는 게 아니라, 내가 어떤 사람이 되고 싶은지에 대해서 더 잘 알 수 있는 곳으로 가야 했다. **사람들이 나를 교육을 통해 더 나은 삶을 살고 싶어 하는 똑똑한 아이로 봐주길 바랐다.**

나는 대학에 가길 원했지만 왜 그는 내가 대학에 가지 않기를 바랐을까? 이 질문은 내가 끊임없이 스스로에게 던진 백만 불짜리 질문이었다. 사람들이 선생님이라는 이유로 그를 존경하는 것을 보았다. 지역 사회와 마을에서 사람들은 그를 찰스 음부뉴 선생님이라고 불렀다.

The First Plan In Action

The Journey from Mile one Up Station to Hotspot Ntenefor

Going to college was my life.

I wanted to become someone better than a carpenter. The more I thought about becoming a carpenter, the more my plans sharpened in my mind, and the more I decided to act.

My aunt was living in hotspot Ntenefor. She was married to a builder. Both were young, in their early twenties, I believe at that time.

She came to live with us when I was very young, that was when my mother was still alive. She took care of us and was kind, nice and loving to us. She was living with us when I told my mom I wanted to go to Secret Heart College. She heard all the encouragements my mom gave me. The closest person to my mother at that moment in time was her.

This blessed Saturday afternoon in December offered me the perfect opportunity.

It was Christmas holiday.

Both Mr. Charles and his wife were not home.

마일 원 업 스테이션에서 핫스팟 은테네포르까지의 여정

대학에 가는 것이 내 삶이었다.

나는 목수보다 더 나은 사람이 되고 싶었다. 목수가 되는 것에 대해 생각할수록 내 계획은 더욱 날카로워졌고, 행동하기로 결심했다.

이모는 핫스팟 은테네포르에 살고 계셨다. 이모는 건축업자와 결혼했다. 당시에 두 분 다 젊으셨고, 아마 20대 초반이었을 것이다. 내가 아주 어렸을 때, 어머니가 아직 살아 계셨을 때 이모는 우리 집에 오셔서 머물렀다.

그녀는 우리를 돌봐 주었고, 우리에게 친절하고, 다정하고, 사랑스러웠다. 내가 엄마에게 시크릿 하트 칼리지에 가고 싶다고 말했을 때, 그녀는 우리와 함께 살고 계셨다. 그녀는 엄마가 내게 주신 모든 격려를 다 들으셨다. 그 순간 엄마와 가장 가까웠던 사람은 그녀였다.

12월의 이 축복받은 토요일 오후는 완벽한 기회였다.
마침 크리스마스 연휴였다.
찰스 씨 부부는 집에 없었다.

I was helping the builder who were plastering his new house with fetching water, mixing sand with cement, and giving them to do the work with.

나는 그의 새로운 큰 집의 벽에 석고를 바르는 건축업자들을 돕고 있었는데 물을 길어오고 모래와 시멘트를 섞어서 그것을 그들이 하는 일을 위해 공급했다.

When they had finished their work for the day, I packed my belongings and hid them in a bush near our house.

Then, when I thought the coast was clear, I wrote a letter and slid it under his bedroom door saying.

"I am not missing, so do not go looking for me.

I am gone. I will never live with you again. Please do not come looking for me because I will not be a carpenter. I will go to college."

Leaving his place at mile one up station to hotspot Ntenefor, I used only back roads where I knew they will not pass by and could see me and take me back to their house.

The journey was long winding and far but I was very determined to make the journey unseen by any of them.

I took off when his kids were playing in the front yard.

"I darted out the back door and moved through the thick bushes toward the place where I had hidden my stash."

건축업자들이 그날 일을 마쳤을 때, 나는 내 물건들을 싸서 집 근처 덤불에 숨겼다.

그리고 보는 사람이 없을 것 같았을 때, 이렇게 말하는 편지를 써서 그의 침실 문 밑에 밀어 넣었다.

"나는 실종된 게 아니니 찾지 마세요. 나는 떠났어요.

다시는 당신과 함께 살지 않을 거예요. 나는 목수가 되지 않을 것이니 제발 저를 찾지 마세요. 대학에 갈 거예요."

마일 원 업스테이션에 있는 그의 집을 떠나 핫스팟 은테네포르로 향했다. 그들이 나를 보고 집으로 다시 데려갈 수 있는 곳이 아닌 것으로 알고 있는 뒷길만 이용했다.

여정은 길고 구불구불하고 멀었지만, 나는 그들 중 누구에게도 들키지 않고 떠나기로 굳게 결심했다.

그의 아이들이 앞마당에서 놀고 있을 때 출발했다.

"나는 뒷문으로 뛰쳐나가 빽빽한 덤불을 헤치고 덤불 속에 숨겨둔 곳으로 향해 물건들을 챙겼다."

The Long and Winding Road

The journey was hard, rough, and difficult because I went through bush roads or forests. Sometimes, I created a new road just to avoid the main roads. I went through the Pastoral Center to prison quarters.

Then passed through the prison quarter the national forest and up the hills passing behind the court of first Instance into the main forest. Imagine a young boy with wide, expressive eyes filled with fear. I was tensed whenever I had to cross any road for fear of being seen by anyone who knew them or even being seen by either of them (Mr. Charles) or his wife.

I crossed the last road and went down through Dr. Adesso's clinic before getting into hotspot where I finally went up to my aunt`s house behind hotspot square. I was more than ever determined to make it there hitch free.

When I entered my aunt's house and saw her, I burst into tears. Tears was running down my eyes like a running tap. She was surprised and shocked.

She asked me why I came, and why I was crying.

I couldn't say a word. Even though I tried to talk, the more I thought of my mother and the love and care she showed us. The more I cried loudly.

길고 구불구불한 길

덤불길이나 숲을 통해 가야 했기에 여정은 힘들고, 험하고, 어려웠다. 때로는 큰길을 피하기 위해 새로운 길을 만들기도 했다. 목회 센터를 지나 교도소 구역으로 갔다.

그런 다음 교도소를 지나 국유림으로 언덕을 올라 제1심 법원 뒤편을 지나 큰 숲으로 들어갔다. 두려움으로 가득 찬 크고 표정이 풍부한 눈을 가진 어린 소년을 상상해 보라.

그들을 아는 사람이나 심지어 찰스 씨, 혹은 그의 아내에게 들킬까 봐 길을 건널 때마다 늘 긴장했다.

마지막 길을 건너 아데소 박사의 병원을 지나 핫스팟에 도착했고 거기서 마침내 핫스팟 광장 뒤편에 있는 이모 댁으로 올라갔다. 나는 그 어느 때보다 더 문제없이 그곳에 도착하겠다는 결심을 굳혔다.

이모 댁에 들어가 이모를 보는 순간, 나는 크게 울음을 터뜨렸다. 눈물이 수도꼭지처럼 흘러내렸다. 이모는 놀라고 충격을 받았다.

왜 왔는지, 왜 울고 있는지 물으셨다.

나는 아무 말도 할 수 없었다. 말을 하려고 애썼지만, 어머니를 생각할수록 어머니가 보여주신 사랑과 보살핌이 더 많이 생각났다. 더욱더 크게 울었다.

The hardship I faced at Mr. Charles' house was overwhelming.

My mom had big dreams for me and our family.

I cried more and more, and she started crying too when she heard me call my mom over and over "Mami Regi Mami Regi" as she was called.

My aunt had just put to birth about three months back. She gave birth to twins, a boy and a girl. The twins were sleeping while she was washing their napkins when I arrived.

They woke up when they heard us crying, and that's when we both stopped.

She rushed into the bedroom to check on them. I followed and picked up the baby boy. He smiled when I held him close to my heart and put my finger in his hand.

찰스 씨 댁에서 내가 겪은 고난은 너무나 컸다.

어머니는 나와 우리 가족에 대해 큰 꿈을 가지고 계셨다.

나는 점점 더 많이 울었고, 내가 어머니를 반복해서 "마미 레지 마미 레지"라고 부르는 것을 듣고 이모도 울기 시작했다.

이모는 석 달 전쯤에 출산을 하셨다. 쌍둥이 아들과 딸을 낳았다. 내가 도착했을 때 쌍둥이는 자고 있었고 이모는 그들의 기저귀를 빨고 있었다. 그들은 우리가 우는 소리를 듣고 잠에서 깼는데, 그때 우리 둘 다 울음을 멈췄다.

이모는 아이들을 확인하러 침실로 달려갔다.나는 뒤따라가 남자아이를 안아 올렸다. 내가 아기를 가슴에 꼭 껴안고 내 손가락을 그의 손에 쥐어 주자 아기는 미소를 지었다.

He held it tired and smiled. I smiled too, and my feeling changed. I felt love in my heart.

Something I hadn't felt in Mr. Charles's house. My spirit was lifted. I didn't feel so sad anymore.

My aunt breastfed the twins one at a time while I played with the other in the living room. After finishing the laundry, she made some food(achu with garden egg soup) and we ate it for dinner.

That was when I could finally talk to her about my situation why I was at her house and why I was crying. I explained everything that was going on with me and my college plans.

I told her about all the hard work and the difficulties that I experienced living with Mr. Charles and worst of all, his plans for me to become a carpenter and not go to college.

When her husband came back, she told him everything we had discussed.

He told me that he was a poor builder who wasn't educated either, but he promised to send me to Government Bilingual Secondary School Up Station if I passed list A in the Common Entrance Examination into Secondary School.

그는 내 손가락을 지친 듯 쥐고 미소 지었다. 나도 미소를 지었고, 내 감정이 바뀌었다. 마음속에 사랑이 느껴졌다.

찰스씨 집에서는 느껴보지 못했던 감정이었다. 기분이 한결 나아졌다. 더 이상 그렇게 슬프지 않았다.

이모는 쌍둥이에게 한 명씩 모유 수유를 했고 나는 그 동안 거실에서 다른 쌍둥이와 놀아주었다. 빨래를 마친 후 이모는 약간의 음식(아추와 가든 계란 수프)을 만들어 우리가 저녁으로 먹었다.

그제야 나는 이모에게 내 상황, 왜 이모 집에 왔는지, 그리고 왜 울었는지에 대해 이야기할 수 있었다. 나는 나에게 진행되는 상황과 나의 대학 진학 계획을 모두 설명했다.

찰스씨와 함께 살면서 겪었던 모든 고된 일과 어려움, 그리고 무엇보다도 내가 목수가 되어 대학에 가지 못하게 하려는 그의 계획에 대해서도 그녀에게 이야기했다.

이모부가 돌아왔을 때, 이모는 우리가 이야기했던 모든 것을 이모부에게 말했다.

이모부는 자신은 가난한 건축업자이고 교육도 받지 못했다고 하면서도, 내가 중등학교 공통 입학 시험에서 리스트 A에 합격하면 나를 업스테이션에 있는 국립 이중언어 중등학교에 보내주겠다고 약속했다.

This will be in class seven next year because he couldn`t afford to register me for the common entrance examination at that moment.

After all, he did not have the money.

I was so happy.

I promised to do my best and make it.

Also, the next morning, he took me to a small provision store up front at Hotspot Square, that he and his wife ran in the morning and evening.

He asked me to start running it for him. And since I could read and write, he gave me the keys and asked me to run the store.

This completely changed my world. Can you imagine how I felt?

From becoming a carpenter to a store manager.

A few days later, returning home from the stream to fetch water, I heard the voice of Mr. Charles in my aunt`s house. I dropped the bucket of water and ran as fast as I could into the bushes.

I was so scared he had come to take me back.

I stayed in the bush only to come back slowly listening if I could hear his voice in the house. When it was clear that he had gone because I heard only the voice of my uncle and Aunt talking, I came back into the house.

이는 내년에 7학년 때 일인데 당시에는 나를 입학시험 등록비를 감당할 수 없었기 때문이다.

결국 그는 돈이 없었다.

나는 너무 기뻤다.

최선을 다해서 성공하겠다고 약속했다.

다음 날 아침, 그는 나를 핫스팟 광장 앞 그와 그의 아내가 아침저녁으로 운영하는 작은 식료품 가게로 데려갔다.

그는 나에게 운영을 시작해 달라고 부탁했다. 그리고 내가 읽고 쓸 줄 알았기에, 그는 나에게 열쇠를 주고 가게를 운영해 달라고 부탁했다.

이 일이 나의 세상을 완전히 바꿔 놓았다. 내 기분이 어땠을지 상상이 되는가?

목수에서 가게 관리자가 되는 것.

며칠 후, 물을 길어 개울가에서 집으로 돌아오던 중, 이모네 집에서 찰스 씨의 목소리가 들렸다. 나는 물통을 떨어뜨리고 덤불 속으로 최대한 빨리 달려갔다.

그가 나를 데리러 온 게 너무 무서웠다.

나는 덤불 속에 머물렀다가 천천히 돌아와 집에서 그의 목소리가 들리는지 귀를 기울였다. 이모부와 이모의 목소리만 들려 그가 떠난 것이 확실해졌을 때, 나는 집으로 돌아왔다.

My aunt and uncle told me that he came to take me, but they told him all the things I told them about him and that I left because I never wanted him or anything from him, and worst of all, he did not have any plans for me to continue my education past primary school.

He left with a dark face. "I felt such overwhelming relief that tears began streaming down my face."

I went through a very tough time at Mr. Charles`s house.

The worst was going to fetch his palm wine from his friend at Abumutwui Bamendakwe.

If you know prison quarters up station, this will give you an idea. From the prison quarter, there is a road that goes up to Abumutwui.

이모와 이모부는 그가 나를 데리러 왔지만, 내가 그에 대해 이야기했던 모든 것, 즉 나는 그를 원치 않았고, 그에게서 아무것도 원하지 않았기 때문에 떠났다고 했다. 그리고 무엇보다도 그는 내가 초등학교 졸업 후 교육을 계속하도록 하려는 계획이 전혀 없었다는 사실을 그에게 전했다고 말씀하셨다.

그는 어두운 얼굴로 떠났다. "나는 너무나 큰 안도감이 밀려와 눈물이 쏟아졌다."

나는 찰스 씨의 집에서 매우 힘든 시간을 보냈다.

가장 힘든 일은 아부무트위 바멘다크웨에 있는 그의 친구에게서 야자주를 가지러 가는 것이었다.

업 스테이션 교도소 구역을 아는 사람이라면 이 이야기가 어떤지 알 수 있을 것이다.

It is a lonely part at night. You go up the lonely part for about 30 minutes, then you meet some houses before you reach the Government Bilingual High Secondary School Up Station (GBHS). Behind the school, are a few houses, then next is the catholic cemetery before you reach the church.

From there, you walk again for about 30 to 40 minutes to reach his palm wine tapper friend`s house to buy 5 liters of fresh palm wine.

He would wake me up at about 4:30 am on Saturday mornings and send me to go there and get him palm wine. I must pass through that graveyard in the dark to go fetch him his palm wine.

I was 11 years old at that time.

I am still not able to imagine what he was thinking when he asked me to cover this journey in that deep darkness.

But without any choice of saying no or suggesting going with his daughter who was just a year younger than myself. I will brave the cold, dare fear, and take off for this trip.

I did all kinds of rituals I heard in ghost stories and passed through that graveyard alone in that dark.

Cross your fingers on both hands and you have tired all ghosts still until you pass the graveyard was an idea I heard from friends.

교도소 구역에서 아부무트위로 올라가는 길이 있다. 밤에는 외딴 곳이다. 30분 정도 외딴 길을 올라가면 몇 채의 집이 보이고, 그 후에는 정부 이중언어 고등학교(GBHS)에 업 스테이션에 도착한다. 학교 뒤편에는 몇 채의 집이 있고, 그 다음에는 가톨릭 묘지가있으며, 그 후 교회에 도착한다.

거기서 다시 30~40분 정도 걸어가면 야자주 채취업자인 그의 친구 집에 도착하여 신선한 야자주 5리터를 산다.

그는 토요일 아침 4시 30분쯤 나를 깨워 거기 가서 야자주를 가져오라고 하곤 했다. 나는 어둠 속에서 그 묘지를 지나 그에게 그의 야자주를 가져다주러 가야 했다.

당시 나는 열한 살이었다.

그 깊은 어둠 속에서 나에게 이 여정을 하라고 요구했을 때 그가 어떤 생각을 했을 지 지금도 상상이 가지 않는다.

거절하거나 나보다 한 살 어린 그의 딸과 함께 가자고 제안도 할 수 없었기에 나는 추위를 무릅쓰고, 두려움을 극복하며 이 여행을 떠나기로했다.

나는 유령 이야기에서 들었던 온갖 의식을 치르고 어둠 속에서 홀로 묘지를 지나갔다.

양손의 손가락을 교차 시키면 묘지를 지날 때까지 모든 유령을 쫓아낸다는 건 친구들에게 들은 방법이다.

Spit 7 times and turn around 7 times and all ghosts will not harm you. Tire spear grass in nuts 7 places and no ghost will harm you. These are just a few I can remember.

One early morning on my way to fetch his palm wine, while walking through the graveyard, something happened that will change me forever. I didn't know at that time that some birds sleep on the ground without nests. So, as I walked quietly after doing my ghost ritual before reaching the graveyard in the dark, just a few feet in front of me, this big bird just took off right in my face.

I scream at the top of my voice.

I was in the middle of the graveyard.

일곱 번 침을 뱉고 일곱 번 돌아서면 모든 유령이 해치지 않을 것이다. 스피어 그라스를 견과류 속에 일곱 군데 묶으면 어떤 유령도 당신을 해치지 않을 것이다. 이것들은 내가 기억할 수 있는 몇 가지 예일 뿐이다.

어느 날 이른 아침, 그의 야자주를 가지러 가는 길에 묘지를 걷다가 내 인생을 영원히 바꿀 일이 일어났다. 그 당시에는 어떤 새들은 둥지도 없이 땅에서 잠을 잔다는 것을 몰랐다. 그래서 유령의식을 치른 후 어둠 속에서 묘지에 도착하기 전에 조용히 걸어가고 있었는데, 몇 피트 앞의 어둠 속에서 한 큰 새가 내 얼굴 바로 앞에서 날아올랐다.

나는 목청껏 비명을 질렀다.

나는 묘지 한가운데에 있었다.

I couldn't run back.

So, I ran towards the church instead.

I was 100% sure it was a ghost.

This Godforsaken bird flew just a few meters and landed on the path again sleeping on the road.

As I screamed and ran toward the church, it took off again in front of me.

This time I could see clearly at this time because I was closer to the church and some lights were reflecting from the church that it was a bird and not a ghost. I didn't care where I got a stone from, I aimed a big one at the bird, and I almost got it. The bird lifted off, gliding only a short distance before coming to rest near a neighboring gravestone.

I kept running towards the church.

The catechist who had come to ring the 5:30 am mass bell saw me running and coming towards the church, he dropped the bell handlebar that he was using to ring the bell and took off towards the village. I followed him in fear because I thought he might have seen a ghost too.

At the Akumbelle roundabout, where lights surrounded the water reservoir and people gathered, he stopped to see what was chasing him. There I was, covered in dust and bruises from falling at the graveyard, running towards him with a 5-liter jug. Bruises covered my head, knees, and elbows.

돌아갈 수 없었다.

그래서 대신 교회 쪽으로 달려갔다.

나는 그것이 유령이라고 100% 확신했다.

이 저주받은 새는 단지 몇 미터만 날아서 다시 길 위에 내려앉아 길에서 잠을 잤다.

비명을 지르며 교회를 향해 달려가자, 그 새는 다시 내 앞에서 날아올랐다.

이번에는 교회에 가까워졌고, 교회에서 불빛이 반사되고 있 있기 때문에 그것이 유령이 아니라 새라는 것을 분명히 알 수 있었다. 어디서 돌을 주웠는지 모르지만 큰 돌멩이를 새에게 겨누었고 거의 맞힐 뻔했다. 새는 날아올라 짧은 거리를 활공하다가 인근 묘비 근처에 내려 앉았다.

나는 교회를 향해 계속 달렸다.

오전 5시 30분 미사 종을 치러 온 교리 교사가 내가 달려서 교회 쪽으로 오는 것을 보고 종을 치기 위해 사용하던 종 손잡이를 떨어뜨리고 마을 쪽으로 달아났다. 나는 그도 유령을 봤을지도 모른다는 생각에 두려움에 떨며 그를 따라갔다.

아쿰벨레 로터리에서, 불빛이 물탱크를 둘러싸고 사람들이 모여들었고 그는 무엇이 자신을 쫓아오는지 보려고 멈춰 섰다.

거기에 묘지에서 넘어져 먼지와 멍투성이가 된 채 5리터짜리 물병을 들고 그에게 달려가는 내가 있었다. 멍이 머리, 무릎, 팔꿈치를 뒤덮었다.

He took me to the water reservoir where there was a tap and helped me wash the bruises.

I had lost the 300 francs Mr. Charles gave me to pay for his palm wine.

When i arrived the wine tappers compound, it was still dark, He had about 4 dogs. When these dogs saw me, they chased me. I ran and fell in a puddle by the road. I was sucked wet. The dogs went back. So, I just stayed by until people woke up in that compound before I went there again.

One of his wives saw me wet.

She took him to her house and offered me a chair by the fireside, warming myself as my clothes dried, waiting for her husband to return home from tapping palm wine.

When the tapper asked me why didn`t have his 300frs to pay for the palm wine. I told him the story at the graveyard and how I lost the money. He felt bad for me and gave me some sweet warm palm wine to drink before embarking on my trip back.

Mr. Charles on some Saturdays would take me to his nursery to nurse eucalyptus trees all day with no food, just water and a few hands of fried groundnut, as he said, "Fasting is good for the body." With just one roasted corn in the morning, we were good to go for the whole day.

그는 나를 수도꼭지가 있는 저수지로 데려가 먼지를 씻도록 도와주었다.

나는 찰스 씨가 그의 야자주 값을 지불하라고 준 300프랑을 잃어버렸다.

와인 채취업자의 집에 도착했을 때는 아직 어두웠다. 그는 네 마리 정도의 개를 데리고 있었다. 그 개들이 나를 보자 쫓아왔다. 나는 달리다가 길가 웅덩이에 빠졌다. 온몸이 젖었다. 개들은 돌아갔다. 그래서 나는 그 집에 사람들이 깨어날 때까지 그냥 그곳에 있다가 그곳으로 다시 갔다.

그의 아내가 내가 젖어 있는 것을 보았다.

그녀는 나를 자기 집으로 데려가 난로 옆에 앉아 옷이 마르는 동안 몸을 녹이며, 그녀의 남편이 야자수 수액을 채취하러 갔다가 집에 돌아오기를 기다렸다.

채취업자가 내게 야자수 술값 300프랑이 왜 없냐고 물었다. 나는 공동묘지에서 있었던 일과 돈을 잃어버린 사정을 이야기 했다. 그는 나를 안쓰럽게 여겨 내가 돌아가는 길에 마시라고 따뜻하고 달콤한 야자수 술을 주었다.

찰쓰씨는 어떤 토요일에는 나를 묘목장에 데려가 하루 종일 유칼립투스 나무를 돌보게 하곤했다. 음식은 전혀 주지 않고 "단식은 몸에 좋다"고 말하면서 물과 튀긴 땅콩 몇 줌만 주었다. 아침에 구운 옥수수 하나만 있으면 하루 종일 든든했다.

You can guess the joy in my heart when I lived with my aunt and uncle while selling at his small convenience store, even though he barely stocked the store with anything there were basice like rice, maggi cubes, pens and pencils, a few exercise books.

I sold bread every morning that I bought every day at 5:30 am. The baker brought the bread to the shop very early in the morning. By 6 am, people came for bread, sugar, Lipton for breakfast, salt, eggs, or Maggie cubes.

At about 6:10 am, my aunt would come up and take over from me. She sold puff puff and beans with pap in the morning in front of the shop.

I would eat some, get ready, and head to school.

이모, 이모부와 함께 살면서 그의 작은 편의점에서 장사를 하던 시절, 그가 거의 아무것도 쌓아놓지 않았고 있는 것은 쌀과 같은 기본 식품, 매기 큐브, 펜과 연필, 그리고 몇 권의 공책 정도였음에도 불구하고 내 마음속 기쁨이 얼마나 컸는지 짐작할 수 있을 것이다.

매일 아침 5시 30분에 내가 산 빵을 팔았다. 제빵사는 아침 일찍 빵을 가게로 가져왔다. 오전 6시에는 사람들이 빵, 설탕, 아침 식사용 립톤, 소금, 계란, 매기 큐브를 사러 왔다.

오전 6시 10분쯤 되면 이모가 와서 내일을 이어받았다. 이모는 아침마다 가게 앞에서 퍼프퍼프와 옥수수 죽을 곁들인 콩을 팔았다.

나는 그것을 먹고 준비를 하고 학교에 갔다.

My New Friends And Life At Government Residential Area(G.R.A) Up Station

Even though I had friends at Mile One and Prison Quarters when I lived with Mr. Charles, my mom's cousin, my friends at Hotspot and GRA Up Station changed for the better.

The friends at Hotspot mostly went to Catholic School Ntenefor, so I had less time to play with them. We mostly spent time at my uncle's store, where I managed the store.

But almost all the kids in G.R.A went to G.S.B.S. Their parents were high- earning civil servants, Military officers living good lives with plenty.

They went to school by car, driven by their parents who worked at Up Station. Some even had drivers who took them to and back home when school was over.

I gradually became a privileged child among them too because they would stop and pick me up on their way to and from school. My view on life changed drastically for the better.

They not only shared their lunches with me but also invited me to their houses for playdates, to do homework together because I was smart, or to watch movies.

정부 주거 지역(G.R.A) 업 스테이션에서의 새로운 친구들과 삶

어머니의 사촌인 찰스 씨와 함께 살 때는 마일 원과 교도소 구역에 친구들이 있었지만, 핫스팟과 GRA 업 스테이션에서의 친구들은 더 나은 모습으로 변했다.

핫스팟의 친구들은 대부분 가톨릭 학교 은테네포르에 다녔기 때문에 나는 친구들과 놀 시간이 더 적었다. 우리는 주로 내가 운영하는 삼촌 가게에서 시간을 보냈다.

하지만 G.R.A의 아이들은 거의 모두 G.S.B.S에 다녔다. 부모들은 고소득 공무원이나 군 장교였고, 풍족한 좋은 삶을 살았다.

그들은 업 스테이션(Up Station)에서 일하는 부모들이 운전하는 차를 타고 학교에 다녔다. 일부는 심지어 방과 후 집으로 데려다주는 운전기사도 있었다.

등하교길에 그들이 나를 데려 갔기 때문에 나도 점차 그 아이들 사이에서 특권을 누리는 아이가 되었다. 내 인생관은 완전히 더 낫게 바뀌었다.

그들은 나와 점심을 나눠 먹었을 뿐만 아니라, 내가 똑똑하기 때문에 집에 놀러 가서 숙제를 같이 하거나 영화를 보러 가자고 초대하기도 했다.

I even spent the night at their houses and ate dinner with their families some weekends.

What a change!

Class six was fun, and life was worth living.

My second and third-term results were fantastic.

We started talking about choices for college or secondary school. I hardly said anything because I was not sure about where I would go or even ashamed to say I would go to GBSS Up Station because none of them mentioned it.

심지어는 어떤 주말에는 그들의 집에서 밤을 보내고 그들의 가족들과 저녁을 먹기도 했다.

정말 큰 변화였다!

6학년은 즐거웠고, 삶은 살 만한 가치가 있었다.

나의 2, 3학기 성적은 훌륭했다.

우리는 대학이나 중등학교 선택에 대해 이야기하기 시작했다. 나는 어디로 갈지 확신이 없었고, 그들 중 아무도 GBSS 업 스테이션을 언급하지 않았기 때문에 거기에 간다고 말하기조차 부끄러웠기 때문에 거의 아무 말도 하지 않았다.

All they talked about was Sacred Heart College for Ashu, whose mother was a Justice at the High Court in Bamenda Up Station; C.P.C Bali for Tama and Abongwa, whose mom owned Blackstar Pharmacy at Hospital Roundabout and whose dad was a mathematics professor at the University of Yaounde.

Eposi, who would go to Baptist High School Okoyong in Mamfe, whose father was a senior engineer at the Post and Telecommunication Station in Bamenda; and Presbyterian Secondary School P.S.S Mankon for Otto, whose father was the Assistant Provincial Delegate of Education for the Northwest Province.

Finally, after listening to all their choices, I said I would go to Sacred Heart College S.H.C Mankon.

Why S.H.C?

What was my relationship with that school?

Who on earth would ever pay over 250,000 francs a year for me to go there?

Not forgetting the book fees, uniform, official wear, and other school needs in a boarding school?

그들이 이야기한 것은 어머니가 바멘다 업 스테이션 고등법원 판사였던 아슈의 경우 세이크리드 하트 칼라지(Sacred Heart College), 어머니가 병원 로터리에서 블랙스타 약국을 운영했고 아버지가 야운데 대학교 수학 교수였던 타마와 아봉와의 경우 카메룬개신교 중등학교(C.P.C) 발리 였다.

아버지가 바멘다 우편 통신국 수석 엔지니어였던 에포시는 맘페의 오코용 침례교 고등학교에 갈 것이었고, 아버지가 북서부 지방 교육 부주임이었던 오토는 만콘 장로교 중등학교(Presbyterian Secondary School P.S.S. Mankon)에 갈 것이라는 것이었다.

마지막으로 그들의 모든 선택을 들은 후, 나는 만콘 세이크리드 하트 칼리지(S.H.C)에 가겠다고 말했다.

왜 S.H.C였을까?

그 학교와 나는 무슨 관계였을까?

도대체 누가 나를 그곳에 보내려고 1년에 25만 프랑이 넘는 돈을 낼까?

기숙학교에서 교재비, 교복, 정장, 그리고 다른 학교 용품들은 말할 것도 없었다.

The Big Vacuum

I did not come into this world this way.

I am the third child in a family of six.

Ma Lema, Ni Pas, me, Mercy, Rose, and Gilbert.

I grew up in a loving, God-fearing family with enough for everyone in the house. My mom was a petit trader and farmer who sold food around Ntarinkon and Park National.

My father, on the other hand, was a truck driver who once was a footballer but had an injury that dislocated his dental formula.

Because he played for the Public Works Development football team (PWD) of Bamenda, he was sent to the PWD garage as an apprentice to be a truck driver. He eventually graduated as a truck driver. The work was rewarding, and everything was good.

We had more than we needed, as I saw my mom sending me or my older brother to take food to other family members and friends.

We took plantains, beans, cocoyam, plums, pawpaw, garri, cassava, and other foodstuffs to relatives all the time.

큰 공백

나는 이렇게 태어났다.

나는 여섯 식구 중 셋째다.

마레마, 니파스, 크리스(나), 머시, 로즈, 그리고 길버트로 6남매이다.

나는 사랑이 넘치고 신앙 깊은 가정에서 자랐고, 가족 모두가 충분히 살 수 있었다. 어머니는 은타린콘과 파크 내셔널 주변에서 음식을 파는 작은 상인이자 농부였다.

아버지는 트럭 운전사였는데, 한때 축구 선수였지만 부상으로 치아가 탈골되는 부상을 입었다.

바멘다의 공공사업개발(PWD) 축구팀에서 뛰었던 덕분에 PWD정비소에서 트럭 운전사 견습생으로 일하게 되었고, 결국 트럭 운전사자격증을 취득했다. 일은 보람 있었고 모든 것이 좋았다.

엄마가 나나 형을 다른 가족과 친구들에게 음식을 가져다주라고 보내시는 것을 보니, 우리에게는 필요한 것보다 더 많은 것이 있었다.

우리는 항상 플랜테인, 콩, 코코얌, 자두, 파파야, 가리, 카사바, 그리고 다른 식료품들을 친척들에게 가져다주었다.

One Sunday afternoon, my mom prepared some food and fruits and asked me to take it to Sacred Heart College (SHC) and give it to my brother, who was a student there.

He is not my sibling, but in our culture, any family relative is considered a brother, sister, uncle, aunt, grandma, or grandpa, depending on their age. She gave me his name, and off I went.

I was happy that I had a brother who went to such a prestigious college as SHC Mankon. When I arrived that afternoon, some students were playing football on the many fields they had. Some were playing basketball, and others were playing tennis. I even saw some students playing table tennis.

It was a different world to me. They spoke English and were very polite to each other. I asked for him, and one boy offered to take me to 'St. Peter his House' which was the name of his dormitory.

When I met him, I recognized his face. It was my cousin whom I had met at Pa Jing's house in Prison Quarter when I lived with Mr. Charles. He was so happy to see me and all the goodies I brought for him, this blessed Sunday afternoon.

He wasted no time opening the basket and started biting into sugarcane and later banana that was inside.

He asked me to wait outside the dormitory.

어느 일요일 오후, 엄마는 음식과 과일을 준비하셔서 저에게 세이크리드 하트 칼라지(SHC)에 가져가서 그곳에 재학 중인 형에게 주라고 하셨다.

그는 내 형제자매는 아니지만, 우리 문화에서는 친척이라면 누구나 나이에 따라 형제, 자매, 삼촌, 숙모, 할머니, 할아버지로 불린다. 엄마는 형의 이름을 알려주셨고, 나는 길을 나섰다.

나는 SHC 만콘처럼 명문 대학에 다니는 형이 있어서 정말 기뻤다. 그날 오후 도착했을 때, 그들이 가진 많은 운동장에서 축구를 하는 학생들이 있었다. 농구를 하는 학생들도 있었고, 테니스를 치는 학생들도 있었다. 탁구를 치는 학생들도 보았다.

나에게는 다른 세상이었다. 그들은 영어로 말했고 서로에게 매우 예의 발랐다. 내가 그를 찾으니, 한 소년이 나를 그의 기숙사 이름인 '성 베드로의 집'으로 데려다 주겠다고 했다.

그를 만났을 때, 나는 그의 얼굴을 알아보았다. 찰스 씨와 함께 살 때 교도소 구역에 있는 파징 씨 집에서 만났던 사촌이었다. 이 축복받은 일요일 오후에 그는 나와 내가 가져온 온갖 맛있는 것들을 보고 정말 기뻐했다.

그는 즉시 바구니를 열어 안에 있던 사탕수수를 먹은 후 바나나를 베어 물기 시작했다.

그는 기숙사 밖에서 기다리라고 했다.

He emptied the bowl of rice and stew into a bigger bowl he had. He went to a big reservoir tap behind St. Peter, washed the bowl, and brought it back to me.

I followed him, fascinated by this very big college with hundreds, if not thousands, of boys living in harmony.

As he was seeing me off, we walked by the auditorium, and he asked a fellow mate what was playing. I don't remember what he said. But I think it was Oliver Twist.

He held my hand, took me inside, and showed me a seat to sit and enjoy the movie. Whoa! I had never seen a television so big, with characters even bigger than humans.

He told me to go back home when the movie was over and to thank my mother for all the things she had sent. The distance from my house at Nsamukom to SHC was about a 45-minute to an hour walk for a young kid like me. That is how I fell in love with Sacred Heart College. It was the only boarding school I had been to at that time. I came home with great admiration for that college.

I told my siblings about the wonderfulness of the place and the students-the big water tank or reservoir, football fields, the biggest television in the world. It was a projector.

I even talked about the movie I had watched, and that became the bedtime story for days in our house.

밥과 스튜가 담긴 그릇을 자신이 가지고 있던 더 큰 그릇에 비웠다. 그는 성 베드로의 집 뒤편에 있는 큰 급수장 수도꼭지로 가서 그릇을 씻은 후 내게 가져왔다.

나는 그를 따라갔고 수백 명이 아니 수천 명에 달하는 남학생들이 조화롭게 살아가는 이 거대한 대학에 매료되었다.

그가 나를 배웅하는 동안 우리는 강당을 지나갔고, 그는 친구에게 무슨 영화가 상영되고 있는지 물었다. 그가 무슨 말을 했는지는 기억나지 않지만, 올리버 트위스트였던 것 같다.

그는 내 손을 잡고 안으로 데려가 영화를 감상할 수 있는 자리를 안내해 주었다. 와우! 사람보다 더 큰 캐릭터들이 나오는 그렇게 큰 텔레비전은 본 적이 없었다.

그는 영화가 끝나면 집으로 돌아가서 나의 어머니에게 보내주신 모든 것에 감사하다고 전하라고 말했다. 은사무콤에 있는 나의 집에서 SHC까지는 어린아이인 나에게는 걸어서 45분에서 한 시간 정도 걸렸다. 그렇게 나는 세이크리드 하트 칼라지와 사랑에 빠졌다. 당시 내가 가 본 유일한 기숙 학교였다. 나는 그 대학에 대한 큰 감탄을 품고 집에 돌아왔다.

나는 형제자매들에게 그곳과 학생들의 멋진 모습에 대해 이야기했다. 커다란 물탱크 또는 급수장, 축구장, 세계에서 가장 큰 텔레비전, 그것은 프로젝터 등이었다.

심지어 내가 본 영화에 대해서도 이야기했는데, 그 이야기는 며칠 동안 우리 집에서 잠자리에 들기 전 동화가 되었다.

I told my mom that this was where I wanted to go for college. It was then that Sister V, or Ma Lema, told me that she would be going to Our Lady of Lourdes College Mankon, which is a sister school to Sacred Heart. I was happy that my very own sister would go to such a reputable school in Bamenda.

Eventually, she went there after passing the common entrance in List A. She made it, and we, along with neighbors and friends, were all proud that she was holding the banner high for all of us.

My mom sat me down and took time to explain what I would need to enter SHC: good results, being a mass servant, doing good both at home and outside the house, and overall being a good, honest example that could show good leadership through prayers and education.

This became my motto:

or for lack of a better word, my new way of life. I became more attentive in class and went to church every time my mom went for morning mass at the Catholic Church in Small Mankon. I started going to Saturday morning mass and taking lessons to be a mass servant. I even started serving mass before taking the first holy communion, which was the normal requirement. I did better in school and even had a double promotion, skipping from class one to class three to be in the same class as my older brother.

나는 어머니께 그곳이 내가 가고 싶은 대학이라고 말씀드렸다. 그때 V 자매, 또는 마 레마가 세이크리드 하트의 자매 학교인 만콘 루르드 성모 중등학교(Our Lady of Lourdes College)에 갈 것이라고 말했다. 내 친 누나가 바멘다에 있는 그렇게 명망 있는 학교에 갈 것이라는 사실에 나는 기뻤다.

마침내 그녀는 리스트 A의 공통 입학 시험에 합격한 후 그곳에 갔다. 그녀는 해냈고 우리는 이웃과 친구들과 함께 그녀가 우리 모두를 위해 깃발을 높이 들고 있는 것을 자랑스러워했다.

엄마는 나를 앉혀 SHC에 들어가려면 무엇이 필요한지 설명해 주셨다: 좋은 성적, 미사 봉사자, 집 안팎에서 선행, 그리고 전반적으로 기도와 교육을 통해 훌륭한 리더십을 보여줄 수 있는 훌륭하고 정직한 모범이 되는 것이라 하셨다.

이것이 내 좌우명이 되었다 :

또는 더 나은 표현이 없어서, 나의 새로운 삶의 방식이 되었다. 나는 수업에 더 집중하게 되었고, 엄마가 스몰 만콘에 있는 가톨릭 성당의 아침 미사에 갈 때마다 성당에 갔다. 토요일 아침 미사에 참석하고 미사 봉사자 수업을 듣기 시작했다. 심지어 첫 영성체 전에 미사 봉사를 시작했는데, 이는 일반적인 필수 조건이었다. 학교에서 더 좋은 성적을 얻었고, 심지어 형과 같은 반이 되기 위해 1학년에서 3학년으로 월반도 했다.

The Inevitable Destructive Power of Death

My mother was pregnant, and it was almost time for the next baby to come, I believe so. A family relative had died in Bamendakwe(my mother's village) this Unfortunately Friday, she went to the funeral but she never came back.

On Saturday, news reached us that she had collapsed while mourning her cousin who had just passed.

She was rushed to the Bamenda General Hospital and had been admitted. All day Saturday, relatives came to our house to check on us and make sure we were okay. She never came back home at this time.

My oldest sister was in Our Lady of Lourdes Secondary School. So, at home, there was just Ni Pas, me, Mercy, Rose, and Gilbert, who was just about 2 years old.

I remember asking to go see my mom at the hospital, and Ndi Richard, as we called him, who was a tenant renting a single room in our house. He said I should wait for later.

죽음의 피할 수 없는 파괴력

어머니는 임신 중이었고, 다음 아기가 태어날 때가 거의 다 된 것 같았다. 바멘다크웨(어머니가 살던 마을)에서 친척 한 분이 돌아가셨다. 금요일에 어머니는 장례식에 가셨지만 안타깝게도 돌아오지 않으셨다.

토요일에 어머니가 방금 세상을 떠난 사촌을 애도하시다가 쓰러지셨다는 소식을 들었다.

어머니는 바멘다 종합병원으로 급히 이송되어 입원하셨다. 토요일 종일 친척들이 우리 집에 찾아오셨다. 우리의 안부를 확인하고 어머니의 안부를 물었다. 그 후 어머니는 집으로 돌아오지 않으셨다.

큰누나는 루르드 성모 중등학교에 다니고 있었다. 그래서 집에는 니 파스, 나, 머시, 로즈, 그리고 두 살쯤 된 길버트만 있었다.

나는 병원에 계신 어머니를 보러 가자고 요청했는데 우리 집 원룸의 세입자였던 우리가 은디 리처드라고 불렀던 분이 나중까지 기다려야 한다고 말했던 기억이 난다.

But I saw how worried he was when he came back from the hospital that morning after delivering hot water in a big flask to my mother. The hospital did not provide warm water for patients to bathe with.

I couldn't eat anything the whole day except some dry bread that Ndi Richard had brought back from his part-time job at Boulangerie R. Mario Ntarinkon.

On Monday morning, we went to school, all three of us. Rose and Gilbert stayed home with Auntie Mado, my mom's younger sister, who lived at Senajest Quarter because he was not of school-going age yet.

It was almost long break time, around 10:15 am or so, when I saw Auntie Mado's husband, Uncle Martin, walking down with Mercy and her school bag in hand.

When I saw her, I knew my mother had died. He came to our class, and I saw my teacher Mr. Isaac talking with him at the entrance to my class I was in class 3 three B with my older brother Ni Pas. He sighed many times and clapped his hands. Then he turned his head into the classroom and called for me and my brother to come out with our boxes.

This confirmed what I had felt. By the time we reached home at Nsamukom, our compound was full of people crying and yelling at the top of their voices as was the case when someone died suddenly.

하지만 그날 아침, 그가 큰 보온병에 따뜻한 물을 담아 병원에 가져다주고 돌아오는 모습을 보니 그가 얼마나 걱정했는지 알 수 있었다. 병원에서는 환자들에게 목욕할 따뜻한 물을 제공하지 않았다.

나는 은디 리처드가 부랑제리 R. 마리오 은타린콘에서 아르바이트를 하고 돌아와 가져온 마른 빵 외에는 하루 종일 아무것도 먹을 수 없었다.

월요일 아침, 우리 셋은 모두 학교에 갔다. 로즈와 길버트는 아직 학교에 갈 나이가 아니어서 세나제스트 지구에 사는 엄마의 여동생 마도 이모와 함께 집에 있었다.

오전 10시 15분쯤, 긴 휴식 시간이 거의 다 되었을 때, 마도 이모의 남편인 마틴 삼촌이 머시와 그녀의 책가방을 들고 걸어오는 것을 보았다.

그녀를 보고 어머니가 돌아가셨다는 것을 알았다. 그가 우리 반에 왔고, 아이작 선생님이 교실 입구에서 그와 이야기를 나누는 것을 보았다. 나는 형 니 파스와 함께 3학년 B반에 있었다. 그는 여러 번 한숨을 쉬고 손뼉을 쳤다. 그리고는 교실 쪽으로 고개를 돌리고 나와 동생에게 우리의 상자를 들고 나오라고 했다. 이것은 내가 느꼈던 것을 확인시켜 주었다.

우리가 은사무콤에 있는 집에 도착했을 때쯤, 우리 집은 마치 누군가 갑자기 죽었을 때처럼 목청껏 울고 소리치는 사람들로 가득 차 있었다.

We all burst into deep cries for hours and hours.

My father had traveled to Douala to carry goods in the 40-foot truck that he drove. He returned on Sunday evening as usual just to hear the news. I had never seen my father this furious and tense as he was that day.

He didn't even change his clothes or take the truck to the washing point as he would do before anything.

He gave the truck keys to his assistant driver or motor boy as was called, and asked him to take the truck to the washing point. I could see the surprise and fear in his eyes. I guess it was the first time he had been assigned such an important but challenging task.

My Father Mr. Emma as was called by his friends took a taxi and went straight to the hospital to see my mom.

My mother was his best manager.

I remember on the days that we were expecting my dad to come back home from Douala, my mom would cook his favorite dish(fufu and okro soup with dry fish).

Because we did not have a cooler or flask to keep food warm, she would wrap the fufu carefully and put it in a special bowl, then use her blanket and wrap the bowl several times so the food not get cold.

우리는 모두 몇 시간이고 깊은 울음을 터뜨렸다.

아버지는 자신이 운전하는 40피트 트럭으로 상품을 운반하여 두알라에 가셨다. 일요일 저녁, 평소처럼 돌아오셔서 소식을 들으셨다. 나는 아버지가 그날처럼 그렇게 격노하고 긴장하신 모습은 본 적이 없었다.

옷도 갈아입지 않으시고, 평소에 제일 먼저 하셨던 것처럼 세차장까지 트럭을 가져 가시지도 않으셨다.

아버지는 보조 운전사 또는 모터 보이라고 불리는 사람에게 트럭 열쇠를 맡기시고 세차장까지 트럭을 가져가라고 하셨다. 아버지의 눈에서 놀라움과 두려움을 읽을 수 있었다. 아마도 그에게 그렇게 중요하면서도 어려운 일을 맡기신 것은 처음이었을 것이다.

친구들이 엠마 씨라고 부르던 아버지는 택시를 타고 곧장 어머니를 뵈러 병원으로 가셨다.

어머니는 아버지의 가장 훌륭한 매니저였다.

아버지가 두알라에서 돌아오실 날을 기다리던 날, 엄마는 아버지가 가장 좋아하는 음식(푸푸와 말린 생선을 넣어 만든 오크로 수프)을 만들어 주셨던 기억이 난다.

음식을 따뜻하게 보관할 아이스박스나 보온병이 없었기 때문에 엄마는 푸푸를 정성껏 싸서 특별한 그릇에 담고 그녀의 담요로 그릇을 여러 번 감싸 음식이 식지 않도록 했다.

She will cover herself that night with a loin cloth instead of the blanket. No matter what time he came at night, his fufu was there warm waiting for him. We all will wake up when we hear the special horn of his truck sound like this... poom one time, and then poom poom poom.

Then we will know it was him.

He will honk like this on his way down to Ntarinkon Market to go and turn the truck because that is where there was enough space for him to turn the 40 foot truck.

My father never came back home from the hospital that night. He passed the night there with my mom.

I knew for sure thay the situation was very serious. He was there when my mother passed away. He was in the house crying also with everyone who heard the news and came to mourn, when we were brought back home by uncle Martin.

When I managed to see her laid in state in the living room, she was dressed in white like a bride getting ready to wed.

With a veil on her head, white gloves on her hands and a Rosery placed around her hands.

It was just about a year or so when I saw a similar image of my aunt (Auntie Mary, my mother's direct older sister) who had passed away similarly) in a coffin dressed similarly.

그날 밤 엄마는 담요 대신 허리 천을 덮었다. 아버지가 밤에 몇 시에 오시든, 푸푸는 따뜻하게 아버지를 기다리고 있었다. 아버지 트럭의 특별한 경적 소리가 울릴 때 우리 모두 잠에서 깼다…한번 품, 그리고 품품품...

그러면 우리는 그것이 아빠라는 것을 알게 되었다.

아버지는 은타린콘 시장에 트럭을 돌릴 공간이 충분한 있었기 때문에 40톤 트럭을 돌리러 은타린콘 시장으로 가는 길에 이렇게 경적을 울리곤 했다.

아버지는 그날 밤 병원에서 집으로 돌아오지 않으셨다.

아버지는 엄마와 함께 병원에서 밤을 보내셨다.

나는 상황이 매우 심각하다는 것을 확실히 알았다. 어머니가 돌아가셨을 때 아버지는 곁에 계셨다. 마틴 삼촌이 학교에서 우리를 데려왔을 때, 아버지는 집에서 울고 계셨고 소식을 듣고 우리 집에 조문하러 온 모든 사람들이 울고 있었다.

거실에 안치된 어머니의 모습을 보았을 때, 어머니는 결혼을 앞둔 신부처럼 하얀 옷을 입고 있었다.

머리에는 베일을 쓰고, 손에는 하얀 장갑을 끼고, 손에는 묵주를 두르고 계셨다.

약 1년쯤 지나서, 나는 어머니와 비슷한 모습으로 돌아가신 이모(어머니의 직계 언니인 메리 이모)의 관에 담긴 모습을 보았다.

She passed away in Douala where she was living with her husband Pa Jing and a family of six just like mine, three girls and three boys.

My world, our world was turned upside down.

The burial took place the same day in Bali Nyonga my father`s village.

The next day, we cut down our hair including close family members and white clothes were tied around our left hand as was the customs and tradition.

We came back to our house in Ntarinkon and stayed home for the rest of the week.

이모는 남편 파징과 나처럼 딸 셋, 아들 셋, 여섯 식구와 함께 살던 두알라에서 세상을 떠났다.

나의 세상이, 우리의 세상이 뒤집힌 것이다.

장례는 같은 날, 아버지 마을 발리 논가에서 치러졌다.

다음 날, 우리는 모두 머리를 깎았고, 가까운 가족들도 모두 머리를 깎았다. 그리고 관습과 전통에 따라 왼손에는 하얀 천을 둘러서 묶었다.

우리는 은타린콘에 있는 집으로 돌아와 남은 일주일을 집에서 보냈다.

Monday came and we went back to school.

All the teachers and schoolmates treated ús kindly for a while. While at home, my aunt Mami Catha (my dad's older sister) and Mangie Maya my mom's younger sister stayed back to look after us.

My older sister went back to boarding school and continued her studies. She was in form one at that time(first year in middle school).

After several months, my aunts had to go back to their respective families in Bamendakwe where they were living.

Maggie Maya was married and living with her family and Mami Catha was also married and living with her children in Bamendakwe too.

Different family members offered to take us in to live with them. Why didn't my dad stay to take care of us? Well as things changed for us without our mom, it also changed for him without his wife.

He found a job working in Douala which was about 6 hours away from Bamenda. We saw him once in a blue Moon.

Mercy was sent to go live with my paternal aunt Ma Esther, Rose went to live with my maternal aunt Auntie Monica in Douala, Gilbert the youngest went with my maternal grandma who lived in Bamendakwe.

Ni Pas and I stayed home by ourselves.

월요일이 되자 우리는 다시 학교로 돌아갔다.

모든 선생님과 학교 친구들은 한동안 우리를 친절하게 대해 주었다. 집에 있는 동안, 이모 마미 카타(아빠의 누나)와 엄마의 여동생 망기 마야는 우리를 돌보기 위해 집에 남았다.

누나는 기숙학교로 돌아가 학업을 계속했다. 당시 누나는 1학년(중학교 1학년)이었다.

몇 달 후, 이모들은 그녀들이 살고 있던 바멘다크웨에 있는 각자의 가족에게 돌아가야 했다.

매기 마야는 기혼으로 가족과 함께 살고 있었고, 마미 카타 역시 기혼으로 자녀들과 함께 바멘다크웨에 살고 있었다.

여러 가족들이 우리를 데려가 함께 살겠다고 제안했다.아버지는 왜 우리를 돌보아 주지 않으셨을까? 어머니가 없는 우리 상황이 변했듯이, 아버지도 아내가 없는 상황이 바뀌었다.

아버지는 바멘다에서 약 6시간 거리에 있는 두알라에서 일자리를 구했다. 우리는 아버지를 어쩌다 한 번씩 보았다.

머시는 고모인 마 에스터와 함께 살게 되었고, 로즈는 이모인 모니카 이모와 함께 살게 되었으며, 막내 길버트는 바멘다크웨에 사는 외할머니와 함께 살게 되었다.

니 파스와 나는 집에 남았다.

Death stole everything from us

Life was hard for us living by ourselves and I will admit, I did some bad things I wouldn't imagine ever doing.

I didn't go to church as frequently as I did with my mom. Things were not good for us trying to survive by ourselves with only Ndi Richard watching over us. My school results dropped drastically. I missed my mom more and more as every day passed by, I would hide under our bed, cover my head with a blanket, and just cry for hours, while Ni Pas played whatever and wherever he found himself. I guess that was his coping mechanism.

My Uncle Ni. Augustine moved in with his family to live with us in Ntarinkon.

He is the younger brother of my dad.

Things became stable once more with us. I mean, we had food to eat and even had some to share with friends or neighbors' children. We had Kumba bread to take to school because Ni. Augustine was a transporter of both goods and persons from Bamenda to Mamfe and vice versa using the double-cabin Toyota Hilux.

So, whenever he came back from a trip, we had coconut, and Kumba bread to take to school and even share with friends during long breaks and be envied by friends for having something so nice that was not common in Bamenda.

죽음은 우리의 모든 것을 앗아갔다

혼자 사는 삶은 힘들었고, 솔직히 말해서 나는 상상도 못 할 나쁜 짓들을 저질렀다.

엄마와 함께했던 것처럼 교회에 자주 가지 못했다. 은디 리처드만 우리를 지켜보는 가운데 혼자 살아남는 것은 쉽지 않았다. 학업 성적은 급격히 떨어졌다. 하루하루 지날수록 엄마가 점점 더 그리워졌다. 나는 침대 밑에 숨어 머리를 담요로 덮고 몇 시간이고 울었다. 그 동안 니 파스는 아무 데서나 놀았다. 아마도 그게 그의 대처 방식이었던 것 같다.

삼촌 니 어거스틴은 은타린콘에 있는 우리와 살기 위해 가족과 함께 이사했다.

그는 아빠의 남동생이다.

우리와 함께하면서 다시 안정을 찾았다. 먹을 음식도 있었고, 친구나 이웃 아이들과 나눠 먹을 음식도 있었다.

니 오거스틴이 더블 캐빈 토요타 하일럭스를 타고 바멘다에서 맘페로, 그리고 그 반대로 물건과 사람을 운송하는 사람이었기 때문에 학교에 가져갈 쿰바 빵도 있었다.

그래서 그가 여행에서 돌아올 때마다 우리는 코코넛과 쿰바 빵을 학교에 가져가고, 심지어 긴 방학 동안 친구들과 나눠 먹기도 했고 바멘다에서는 흔하지 않은 그렇게 좋은 것을 가진 것에 대해 친구들의 부러움을 샀다.

Our fees were paid on time, and we were not sent home from school because of nonpayment of fees as was the case before when we lived by ourselves.

We had textbooks to supplement studies(reader and workbook for English class). What a change it was in my life, and academics. I did better in school. I had great self-esteem.

I started going back to morning mass. Ni Augustine was strict to both us and his kids alike. I felt love and care from both him and his wife Ma Maggie.

He never favored his daughters over us, and housework was evenly distributed. Everyone had their days to do the dishes.

It was the third term holidays. We had returned from Bali to farm the dry season corn of the year.

My aunt Ma Maggie, my uncle's wife who was pregnant at that time called me to the living room and gave me a message.

Park your things and go wait for Pa Jing by the roadside at 3pm. I do not know where he is taking you to. What belongings did I really have? Apart from my school uniform that looked presentable, my few clothes and shoes, The only important thing that interested me not to forget was my slingshot or rubber gun as it was called. I wore it around my neck.

It was my treasure. Then of course my report card showing that I had passed class five and ready to enter class six.

학비는 제때 납부했고, 예전에 우리끼리 살 때처럼 학비를 내지 않았다는 이유로 집으로 돌려 보내지지 않았다.

공부를 보충할 교재(영어 수업용 독본과 워크북)도 있었다. 내 삶과 학업에 정말 큰 변화였다. 학교 성적이 더 좋아졌고, 자존감도 높아졌다.

아침 미사에 다시 참석하기 시작했다. 니 어거스틴은 우리와 그의 아이들 모두에게 엄격했다. 나는 그와 그의 아내 매기에게서 사랑과 보살핌을 느꼈다.

그는 절대로 딸들을 우리보다 더 편애하지 않았고, 집안일은 모두 공평하게 나눠졌다. 모두가 돌아가면서 설거지를 했다.

3학기 방학이었다. 우리는 발리에서 돌아와 건기 옥수수 농사를 짓고 있었다.

삼촌의 아내이자 당시 임신 중이셨던 이모 마 매기가 나를 거실로 불러 메시지를 주었다.

네 짐을 보관하고 오후 3시에 길가에서 파징을 기다려라. 그가 너를 어디로 데려갈지는 모른다. 내가 실제로 가지고 있던 물건은 무엇이었을까? 보기에 괜찮아 보이는 교복과 몇 벌의 옷, 신발 외에 내가 잊지 않고 가지고 있었던 유일한 중요한 것은 새총, 또는 고무총이라고 불리는 것이었다. 나는 그것을 목에 걸고 다녔다.

그것은 내 보물이었다. 그리고 물론 5학년을 통과하고 6학년에 진학할 준비가 되었다는 성적표도 있었다.

I showered and put on my church clothes and stood near Nsamukom hall waiting for him to come and get me with his pickup truck. As I looked on the street, I turned around and looked at Nsamukom Hall. The place of so much joy and happiness. It was the host of Friday night bottle dance with John Minang and Ngia Richand. It was where Nsamukom juju dance came from, with the baby dancer being brought into the ceremonial ground carried on the back by the biggest dancer. Being a member of this dance group exposed me to many things. It was through this juju dance group that I had the opportunity to see Lady Diana Princess of Wales and Prince Charles, when they came to Bamenda to inaugurate of the Power Camp in Bamenda(electric power supply).

나는 샤워를 하고 교회 옷을 입고 은사무콤 홀 근처에 서서 그가 픽업트럭으로 나를 데리러 오기를 기다렸다. 길거리를 둘러보다가 돌아서서 은사무콤 홀을 바라보았다. 기쁨과 행복이 가득한 곳이었다. 존 미낭과 니아 리찬드와 함께 금요일 밤 보틀 댄스 파티가 열리는 곳이었다. 이곳은 은사무콤(Nsamukom)의 주주춤이 유래된 곳으로, 가장 큰 춤꾼이 아기 춤꾼을 등에 업고 의식장으로 데려오는 춤이다. 이 춤단의 일원이 되면서 나는 많은 것을 접하게 되었다. 나는 주주댄스 그룹 덕분에 바벤다에 있는 파워 캠프(전력 공급 시설) 준공식에 참석하기 위해 방문했던 다이애나 왕세자비와 찰스 왕세자를 볼 수 있었다.

It was through this dance group that I saw Pope John Paul II when he visited Bamenda in 1985. That hall meant more than just a building. It was a place that fed some of us through that juju dance group. When the juju dance was invited to perform at funerals or other occasions in and around Bamenda, we were fed and had even leftovers to carry home.

I and my brother made good use of this and would not miss any practice or outing. This Juju dance group went everywhere.

Ntarinkon Nsamukom is my hometown. I was born and had lived here so far. Now I am leaving behind everything I ever knew and believed to go somewhere else for the first time in my life. On one hand, it gave me hope that where I was going would relieve me of the bad memories and pain I had for this place. But again, I will miss it dearly because this is the only trusted place I had known my whole life.

1985년 바멘다를 방문하신 교황 요한 바오로 2세를 뵐 수 있었던 것도 바로 이 춤단 덕분이었다. 그 홀은 단순한 건물 이상의 의미를 지녔다. 주주 춤단을 통해 우리 중 일부에게 음식을 제공하는 장소였다. 바멘다와 그 주변 지역에서 장례식이나 다른 행사에 주주 춤이 공연되도록 초대되었을 때, 우리는 음식을 제공받았고 심지어 남은 음식을 가지고 집으로 돌아갔다.

나와 내 동생은 이 기회를 잘 활용해서 연습이나 외출을 한 번도 빠뜨리지 않았다. 이 주주 춤단이 가는 곳 마다 다녔다.

은타린콘 은사무콤은 내 고향이다. 나는 이곳에서 태어나서 지금까지 살아왔다. 이제 나는 내가 알고 믿었던 모든 것을 뒤로 하고 생애 처음으로 다른 곳으로 떠난다. 한편으로는 내가 가는 곳이 이곳에 대한 나쁜 기억과 고통에서 벗어날 수 있게 할 것이라는 희망을 품게 해 주었다. 하지만 역시, 이곳은 내가 평생 알고 지낸 유일하게 믿을 수 있는 곳이었기에 깊이 그리워질 것이다.

But the fact that I will be far away from the memories of my mom and the pain it always brings me whenever I think of her, I was ready to turn over a new page in my life and try something different for the better.

Ntarinkon robbed me of my biggest fan and hero, my believer, inspirator and supporter. Having that thought in my mind, I raised my head to look at the road heading towards Ntarinkon market again.

I saw Pa Jing`s pickup truck approaching, so I rushed and stopped it. He stopped and picked me up and took me to his house at prison quarter up-station.

I spent two nights there, I had a great time with my cousins. I shared stories with my cousins Ngwa, Jing, and Adamu and all the other kids who were in the house.

I was so happy being with them, but on Sunday evening, Mr. Charles came and took me to his house.

That is how I found myself living with him.

하지만 어머니에 대한 기억과 어머니를 생각할 때마다 항상 찾아오는 고통에서 멀어지게 된다는 사실 때문에, 나는 인생의 새로운 장을 열고 더 나은 삶을 위해 뭔가를 시도할 준비가 되어 있었다.

은타린콘은 나의 가장 큰 팬이자 영웅, 믿는 사람, 활기를 주는 사람, 지지자를 앗아갔다. 그런 생각을 하며 고개를 들어 다시 은타린콘 시장으로 향하는 길을 바라보았다.

파징의 픽업트럭이 다가오는 것을 보고 나는 달려가 차를 세웠다. 그는 차를 세우고 나를 태워 교도소 구역 업 스테이션에 있는 자신의 집으로 데려갔다. 그곳에서 이틀 밤을 보냈고, 사촌들과 즐거운 시간을 보냈다. 사촌 응와, 징, 아다무, 그리고 집에 있던 다른 아이들과 이야기를 나누었다. 그들과 함께 있는 것이 너무 행복했지만, 일요일 저녁 찰스 씨가 나를 그의 집으로 데려갔다. 그렇게 나는 그와 함께 살게 되었다.

Faith and Natural Intuition

Because I grew up in Ntarinkon, I learned how to dance the traditional Mankon juju dance. I learned how to dance bottle dance. I was able to dance Mbagalum dance which is a common traditional dance of the Ngemba people of the Northwest province. Because I was born in Ntarinkon Mankon, I can speak the Mankon dialect.

Our neighbor and one of my mother's friends were from Bafut village, I also learned how to speak the Nkwen dialect from one of my mother's friends who is from Nkwen. Then of course I can speak both the Bamendakwe dialect from my mother, and the Bali dialect from my dad. My mom spoke the Bali dialect fluently, but my dad could only understand the Bamendakwe dialect and couldn't speak it well. I guess I have a good ear for languages.

I learned how to trap and catch grass birds using the hair of a horse`s tail or the tail hairs of a cow. I would catch them and sell them to other kids at 100frs a bird. I also made bamboo bird cages in which I would put my birds to sell.

I learned how to catch and raise pigeon birds. When these pigeons had babies, I sold them to make money. I did not feel or use my situation to seek pity but used every moment to think and figure out how to handle any challenge that I confronted.

믿음과 자연스러운 직관

나는 은타린콘에서 자랐기 때문에 전통 만콘 주주 춤을 추는 법을 배웠다. 병춤도 배웠고, 북서부 지방 응젬바족의 일반적인 전통 춤인 음바갈룸 춤도 출 수 있었다. 나는 은타린콘 만콘에서 태어났기 때문에 만콘 방언을 할 수 있었다.

우리 이웃과 어머니의 친구 중 한 명은 바풋 마을 출신이었고, 나는 어머니의 친구 중 응웬 출신인 한 명에게서 응웬 방언을 배웠다. 그리고 물론 어머니에의 바멘다크웨 방언을, 아버지의 발리 방언을 모두 할 수 있었다. 어머니는 발리 사투리를 유창하게 구사하셨지만, 아버지는 바멘다크웨 방언을 알아들을 수만 있었고 잘 말하지는 못하셨다. 아마 내가 언어 감각이 뛰어난 것 같다.

말 꼬리털이나 소 꼬리털을 이용해서 풀새를 덫으로 잡는 법을 배웠다. 풀새를 잡아서 다른 아이들에게 한 마리에 100프랑에 팔곤 했다. 대나무 새장도 만들어서 팔려는 새들을 넣곤 했다.

비둘기를 잡아 기르는 법을 배웠다. 이 비둘기들이 새끼를 낳으면 팔아서 돈을 벌었다. 동정심을 느끼거나 동정심을 얻기 위해 상황을 이용하지 않고, 매 순간을 활용하여 어떤 어려움에 직면하든 어떻게 대처하고 헤쳐 나갈지 생각하고 알아냈다.

I felt horrible when anyone pitied me for whatever reason. So, I tried to make things as normal as possible where I was.

I wanted to earn things rather than let things to be handed to me because I had lost my mother or because I was poor. I did not feel poor because I could use my skills or ideas to get what I wanted.

Free things made me feel low about myself. However, if I tried and failed many times to get something, I will appreciate with great delight when someone helps me solve or get what I was yawning for.

When it was just me and my brother living in our house in Ntarinkon, I felt and realized I couldn't read well or could read very few words or sentences very slowly at times.

I wanted to read like the other smart kids in my class. So, one day while wandering around ntarinkon park, I saw a white man, an American Peace Corps on the street. I stopped him politely and asked him what I could do to read.

He told me something amazing.

He said I should try to get books and ask an adult to read with me, this way I will learn how to read faster and better.

누군가 어떤 이유로든 나를 동정하면 끔찍하게 느꼈다. 그래서 내가 있는 곳에서는 가능한 한 평범하게 지내려고 노력했다.

어머니를 잃었거나 가난해서 내가 해야 할 일을 내 손으로 처리하기보다는, 스스로 무언가를 벌고 싶었다. 내 기술이나 아이디어를 활용하여 원하는 것을 얻을 수 있었기에 가난하다고 느끼지 않았다.

공짜로 얻는 것들은 오히려 내 자존감을 떨어뜨렸다. 하지만 무언가를 얻으려고 여러 번 시도했지만 실패했을 때, 누군가가 내가 갈망하던 것을 해결하거나 얻는 데 도움을 줄 때 진심으로 감사함을 느꼈다.

은타린콘의 집에서 나와 동생 단둘이 살 때, 나는 가끔 글을 잘 읽지 못하거나 아주 적은 수의 단어나 문장을 아주 느리게 읽을 수 있다는 것을 느끼고 깨달았다.

나는 우리 반의 다른 똑똑한 아이들처럼 책을 읽고 싶었다. 그래서 어느 날 은타린콘 공원을 거닐다가 거리에서 미국 평화봉사단 소속 백인 남성을 발견했다. 나는 그를 정중하게 멈춰 세우고 어떻게 하면 책을 읽을 수 있을지 물었다.

그는 놀라운 이야기를 해주었다.

그는 책을 구해서 어른에게 함께 읽어달라고 부탁하면 더 빠르게 더 잘 읽는 법을 배울 수 있다고 말했다.

I told him that I did not have any books or adults at home who could teach me. So, he looked around and picked up a paper from the ground, which he then read to me the words and sentences that were written on it.

Then he gave me the paper and said "There are lots of free books on the street, pick them and ask adults to help you read them to you if they can, make sure you read everything you come across this way you can make your little library, and never pass a road sign or advert without reading it. If you cannot, wait there until you can find an adult who can read it for you."

That was how I learned to read without books, and also how to read faster and faster.

What does this tell you and me? There is no problem without a solution. Do not go looking for solutions far away, it might just be around you.

As in the Bible

Ask and it will be given to you; seek and you will find; knock and the door will be opened to you. For everyone who asks receives; he who seeks finds; and to him who knocks, the door will be opened.

There is no problem that is bigger than your mind.

나는 집에 책도 없고 가르쳐 줄 어른도 없다고 말했다.

그러자 그는 주변을 둘러보더니 바닥에 떨어진 종이를 집어 들고는 그 위에 적힌 단어와 문장을 읽어주었다.

그러고 나서 그는 내게 그 종이를 주며 말했다. "길거리에 공짜 책이 많이 있잖아. 그것을 주워서 어른들에게 읽는 것을 도와달라고 부탁해. 반드시 네가 접하는 모든 것을 읽어서 나만의 작은 도서관을 만들어 봐. 그리고 도로 표지판이나 광고를 볼 때마다 꼭 읽어야 해. 읽을 수 없다면, 대신 읽어줄 어른을 찾을 때까지 그 자리에 기다려."

나는 그렇게 책 없이 읽는 법을, 그리고 점점 더 빨리 읽는 법을 배웠다.

이것은 우리에게 무엇을 의미할까? 해결책이 없는 문제는 없다. 멀리서 해결책을 찾지 말아라. 어쩌면 네 주변에 있을지도 모른다.

성경 말씀처럼

구하라 그러면 너희에게 주어질 것이요 찾으라 그러면 찾아낼 것이요 문을 두드리라 그러면 너희에게 열릴 것이니 구하는 이마다 받을 것이요 찾는 이는 찾아낼 것이요 두드리는 이에게는 열릴 것이니라.

너의 마음가짐보다 더 큰 문제는 없다.

Common Entrance Examination In Secondary School (College)

Class seven at G.S.B.S was exciting and full of fun during the first term. I did well in my schoolwork and was ready for the common entrance examination. Everything was going well with me living with my aunt at Hotspot until one Friday when our teacher, Mr. Tangie, asked all of us to bring our birth certificates, four passport-size photographs, and 6500 francs on Monday for registration for the common entrance exams and the First School Leaving Certificate(F.S.L.C).

I went back home and told my aunt.

She and I had no clue where my birth certificate was.

So, she asked me to go to downtown Bamenda and ask my dad where it was. At this time, my dad was living with my older brother and elder sister at our Ntarinkon residence and was a transporter like his brother, transporting goods and people from Bamenda to Mamfe and back to Bamenda. His younger brother, Ni Augustine, had moved out because his family got bigger after his wife gave birth to twins. My dad had sold part of the land and house to buy his double cabin pickup.

Unfortunately for me, he did not come back before I left for Up Station on Sunday evening.

중등학교(대학) 공통 입학 시험

G.S.B.S의 7학년은 1학기 동안 신나고 재미있었다. 나는 학교 공부도 잘했고, 공통 입학 시험도 볼 준비가 되어 있었다. 핫스팟에서 이모와 함께 지내며 모든 게 순조로웠다.

그런데 어느 금요일, 담임 선생님이신 탕기 선생님께서 월요일에 공통 입학 시험과 첫 학교 졸업 증명서(F.S.L.C) 등록을 위해 우리 모두에게 출생 증명서, 여권 사진 네 장, 그리고 6,500프랑을 가져오라고 하셨다.

집으로 돌아와 이모에게 말씀드렸다.

나와 이모는 내 출생 증명서가 어디 있는지 전혀 몰랐다.

그래서 이모는 나에게 바멘다 시내로 가서 아버지에게 어디에 있는지 물어보라고 하셨다.

당시 아버지는 우리의 은타린콘 집에서 형, 누나와 함께 살고 있었는데, 그의 형처럼 바멘다에서 맘페(Mamfe)로, 다시 바멘다로 물건과 사람을 운반하는 운송업자였다.

그의 동생 니 어거스틴(Ni Augustine)은 아내가 쌍둥이를 낳으면서 가족이 늘어나서 집을 나갔다. 그는 땅 일부와 집을 팔아서 더블 캐빈 픽업을 샀다.

안타깝게도 내가 일요일 저녁 업 스테이션으로 떠나기 전에 그가 돌아오지 않았다.

So, I left a message for him that it was time for me to register for the common entrance and first school leaving certificate examintions. Weeks passed, and I did not hear anything from him. The deadline for registration had passed. I was sent away from school because it was needless for me to come to school when I would not write these examinations.

I went to town, and this time I was fortunate to meet him. We had to make a new birth certificate for me at the Bamenda Urban Council(B.U.C) where my birth was first registered.

With the passport size photographs and birth certificate in hand. We went to G.S.B.S to meet the headmaster, Pa Nchebe. He told us that since the registration date had passed, we could only register me for these exams at the Provincial Delegation of Education.

These were the exams that would determine if I could make a leap in my life or be a carpenter or even worse because I had already turned down Mr. Charles`s offer when I eloped and left his house and went to Ntenefor to live with my aunt and uncle.

We drove back to town in my dad's pickup truck to the delegation of education. When we arrived, it was lunchtime, so we just stayed around. My dad bought groundnuts and corn from a lady who was selling them by the streets for us to eat.

그래서 나는 일반 입학 시험 및 첫 졸업 증명서 등록 기간이 되었다고 메시지를 남겼다. 몇 주가 지났지만 그에게서 아무 소식도 없었다. 등록 마감일이 지났다. 시험을 치르지 않을 테니 학교에 올 필요가 없다는 이유로 퇴학당했다.

시내로 갔는데, 이번에는 다행히 그를 만날 수 있었다. 내 출생이 처음 등록되었던 바멘다 도시 위원회(B.U.C)에서 새로운 출생 증명서를 발급받아야 했다.

여권 사진과 출생 증명서를 손에 든 채, 우리는 G.S.B.S 교장 파 은체베를 만나러 갔다. 그는 등록 기간이 지났기 때문에 지방 교육 위원회에서만 내 출생 증명서를 등록할 수 있다고 말씀하셨다.

이 시험들은 내가 인생에서 도약할 수 있을지, 목수가 될 수 있을지, 아니면 찰스 씨의 집을 나와 이모, 삼촌과 함께 살기 위해 은테네포르에 갔을 때 찰스 씨의 제안을 거절하고 도망쳤기 때문에 더 나쁜 직업을 가질 수 있을지를 결정짓는 시험들이었다.

우리는 아빠의 픽업트럭을 타고 마을로 돌아왔다. 도착했을 때는 점심시간이었기에 우리는 그냥 그 곳에 머물렀다. 아빠는 길거리에서 땅콩과 옥수수를 파는 아주머니에게서 우리가 먹을 땅콩과 옥수수를 사오셨다.

It makes much sense when you hear your father's belly or stomach grumbling from hunger not to even tell him that you are hungry right?

To my greatest amazement, I saw the car of my friend's father Otto`s father. I did not know Otto`s dad worked there.

But I knew the car so well because he picked me up some mornings when I was going to school early in the morning for morning classes. When I saw him, I went straight and greeted him, and he asked me "Son, what are you doing here and not at school?"

I told him I was there to register for the common entrance examination.

I could see doubts in his face, so I ran to my dad who was sleeping in his pickup, and called him to come and meet my friend's father.

After a brief introduction, he took us to his office and my dad explained everything to him.

He took care of everything, and I was registered for both common entrance and first school leaving certificate examinations just like that. The power of connection.

When there is the will, there is always a way.

Every problem has a solution.

Your problem may seem insurmountable but have a little faith and all will work in your favor.

아빠의 배가 고파서 꾸르륵거리는 소리를 들으면 배가 고프다는 말을 아예 안 하는 게 당연하지 않나?

정말 놀랍게도 친구 아버지인 오토의 차를 봤다. 오토의 아버지가 그곳에서 일한다는 건 몰랐다.

하지만 내가 아침 수업을 들으러 아침 일찍 학교에 갈 때 그가 나를 데리러 왔었기 때문에 그 차를 잘 알고 있었다. 그를 보자마자 바로 인사를 건넸고, 그는 "얘야, 학교도 안 가고 여기서 뭐 하는 거니?"라고 물으셨다.

나는 공통 입시에 등록하기 위해 왔다고 말했다.

그의 표정에서 의아함이 느껴졌다. 그래서 픽업트럭에서 자고 계시던 아빠에게 달려가 친구 아버지를 만나러 오라고 불렀다.

간단한 소개 후, 그는 우리를 사무실로 데려갔고, 아빠는 그에게 모든 것을 설명해 주셨다. 그분이 모든 것을 처리해 주셨고, 나는 그렇게 입학시험과 초등학교 졸업시험에 모두 등록할 수 있었다. 인맥의 힘이죠.

의지가 있으면 길이 열린다.

모든 문제에는 해결책이 있다.

너의 문제는 극복하기 어려워 보일지 모르지만, 조금만 믿으면 모든 것이 너에게 유리하게 작용할 것이다.

I went back to school after losing two weeks of schooling and going to morning and evening classes. Just to be clear, for you to understand me, pupils preparing for the F.S.L.C and C.E.E. had morning classes that started at 7 am to 8 am before regular classes started at 8 am to 2 pm. Then, from 5 pm to 6 pm, we study more in preparation for the exams.

It wasn't much of a big deal to me because I borrowed notes from my friends and asked for help from my friends when I didn't understand something. To ask for help is not a sign of weakness. It is a sign of strength. It shows that you are smart and know when to ask for help to get smart.

I studied hard and did my best when we wrote the common entrance examination.

2주간 학교를 빠진 후에 다시 학교로 돌아와서 오전과 저녁 수업을 들었다.내 말을 잘 이해할 수 있도록 말하자면, F.S.L.C와 C.E.E를 준비하는 학생들은 오전 7시부터 8시까지 오전 수업을 듣고, 그 후 오전 8시부터 오후 2시까지 정규 수업을 듣는다. 그리고 오후 5시부터 6시까지 시험 준비를 위해 더 공부한다.

그것은 나에게는 큰 문제가 아니었다. 친구들에게 노트를 빌리기도 하고, 이해가 안 되는 부분이 있으면 친구들에게 도움을 요청하기도 했기 때문이다. 도움을 요청하는 것은 약함의 표시가 아니라 강함의 표시다. 그것은 당신이 똑똑하고, 똑똑해지기 위해 언제 도움을 요청해야 할지 안다는 것을 보여준다.

나는 열심히 공부했고 공통 입학 시험을 볼 때 최선을 다했다.

The Next Phase Of My Getting Into College

It was a Monday morning, and after morning devotions were over, all the teachers went straight into the headmaster's office in the stone building. We went to our class. I started hearing rumors that the results were out. Everyone was nervous, but for some reason, I wasn't. After about 20 minutes, the headmaster and two class seven teachers walked into our classroom and called for silence. You could hear a pin drop on the floor.

The headmaster informed us that the CEE examination results were out. As he opened his mouth to read the names, the first name was mine. I jumped as high as I could in the classroom and ran outside in jubilation. I made it first, in list "A" I ran up to the school field. Soon my friend followed.

There were celebrations all over the school. The school band came out and played for us. All of us had passed, most of us in list A and just a few in list B.

The headmaster asked us all to go home and celebrate with our families. The three pupils who had registered from class six also made it. Two in list A and one in list B.

I was on my way to college. While at home with my aunt, there was great pride in her and her husband that I had passed the common entrance in list A.

내가 대학에 입학하기 위한 다음 단계

월요일 아침이었다. 아침 기도가 끝나자 모든 선생님들은 석조 건물에 있는 교장실로 곧장 들어갔다. 우리는 교실로 갔다. 결과가 나왔다는 소문이 들리기 시작했다. 모두 긴장했지만, 왠지 나는 그렇지 않았다. 약 20분 후, 교장 선생님과 7학년 담임 선생님 두 분이 교실로 들어오시더니 조용히 하라고 하셨다. 바닥에 바늘 떨어지는 소리도 들릴 정도였다.

교장 선생님이 CEE 시험 결과가 나왔다고 알려주셨다. 그 분이 이름을 읽으려고 입을 열었을 때, 첫 번째 이름이 내 이름이었다. 나는 교실에서 최대한 높이 뛰어올라 환호하며 밖으로 달려 나갔다. 리스트 "A"에서 1등을 했다. 학교 운동장으로 달려 나갔다. 곧 내 친구도 따라왔다. 학교 전체가 축하 분위기였다.

학교 밴드부가 나와서 우리를 위해 연주를 했다. 우리 모두 합격했는데, 대부분은 A등급이었고, 몇몇만 B등급이었다.

교장 선생님은 우리 모두에게 집에 가서 가족들과 함께 축하하라고 했다. 6학년에서 등록했던 세 명의 학생도 합격했다. 리스트 A에 두 명, 리스트 B에 한 명이었다.

나는 대학에 가는 길에 있었다. 이모와 함께 집에 있을 때, 이모 부부는 내가 리스트 A로 공통 입학 시험에 합격한 것을 매우 자랑스러워했다.

One of only two students in Ntenefor hotspot who made it with an A grade. However, after a week, she and her husband sat me down and talked to me about college.They couldn't afford for me to go to GBSS up station as they had promised because they couldn't afford it.

I understood completely because I was running the store and saw how we were living. I was, however, very grateful for them accepting to live with me and not killing my dreams for college.

As interviews for secondary schools were announced on the radio, I was conflicted on going or just letting myself be. but there was something in my mind that kept telling me to not miss out on anything but to believe in miracles.

I went to all the interviews I could.

은테네포르 핫스팟에서 A등급을 받은 두 명 중 한 명이었다. 그러나 일주일 후, 이모 부부는 나를 앉혀놓고 대학에 대해 이야기했다. 그들은 내가 그들이 약속한 대로 GBSS 업 스테이션에 진학하도록 약속했지만 경제적 여유가 없어 그럴 수 없다고 했다.

나는 가게를 운영하며 우리의 삶을 보고 있었기에 완전히 이해했다. 하지만 나는 그들이 나를 함께 살도록 받아들여서 내 대학 꿈을 망치지 않도록 해서 정말 감사했다.

라디오에서 중등학교 면접이 발표되자, 갈지 그냥 놔둘지 고민했다. 하지만 내 마음속에 아무것도 놓치지 말고 기적을 믿으라고 계속 말하는 무언가가 있었다.

나는 내가 갈 수 있는 면접은 모두 보았다.

I remember my friend Tama asking me the day before interviews for Cameroon Protestant College C.P.C Bali, if I would be going, I told him that I did not have transport to go.

He ran into their big house and asked his mom if I could drive with them for the interview. It was a yes, that is how I attended the interview.

The same with Sacred Heart College Mankon. I went with Ashu and his family. The ones I could go on foot to like GBSS up station and GBHS Bamenda, I made sure I got up early, got myself ready, and was there on time with my result slip and report card.

The results were all positive. I could go to any of these prestigious schools with good results, but now came the time to pay the school deposit.

There was no means. I left Hotspot and went back to our house in Ntarinkon. My older brother was there and my older sister. They were living with my dad.My sister had dropped out of Our Lady of Lourdes Secondary School because of fees. My brother was attending Longla Comprehensive College(L.C.C) as a technical student doing building construction.

And finally, my father registered me in City College of Commerce(C.C.C) Bamenda, he got me some exercise books.

I was almost ready for college as a day student, you could live in the dormitory too if you could afford the fees. I did not have any uniform, my cousin Ni Eric had graduated from C.C.C so he had a uniform from the school.

카메룬 개신교 대학(C.P.C)발리 면접 전날, 친구 타마가 가겠냐고 물었던게 기억난다. 나는 갈 교통편이 없다고 말했다.

그는 그들의 큰 집으로 달려가 자기 엄마에게 내가 면접을 보러 그들과 함께 차를 타고 갈 수 있는지 물었다. 답은 그렇다였고 그렇게 면접에 갔다.

만콘 루르드 성모 중등학교(S.H.C)도 마찬가지였다. 아슈와 그의 가족과 함께 갔다. GBSS 업스테이션이나 GBHS 바멘다처럼 걸어서 갈 수 있는 곳은 일찍 일어나 준비를 하고, 결과표와 성적표를 지참하고 제시간에 도착했다.

결과는 모두 긍정적이었다. 좋은 성적으로 명문 대학에 갈 수 있었지만, 이제 학교 보증금을 내야 할 때가 되었다.

돈(재력)이 없었다. 핫스팟을 떠나 은타린콘에 있는 우리 집으로 돌아갔다. 형과 누나가 거기에 있었다. 둘은 아빠와 함께 살고 있었고 누나는 학비 때문에 루르드 성모 중등학교를 그만두었다. 형은 롱라 종합대학(L.C.C)에 건축 공사를 하는 기술 학생으로 다녔다.

마침내 아버지가 나를 바멘다 시립 상업대학(C.C.C)에 등록시켜 주셨고, 공책 몇 권을 사 주셨다.

나는 거의 대학에 갈 준비가 되어 있었고, 학비를 감당할 수 있다면 기숙사에서 살 수도 있었다. 하지만 나는 교복이 없었다. 사촌 니 에릭이 C.C.C를 졸업해서 그 학교 교복을 가지고 있었다.

He gave it to me; you can imagine the uniform of a seventeen-year-old being given to a thirteen-year-old to use. It did not fit at all, but this did not bother me much.

Sister V helped to reduce the legs of the trousers so they could fit.

And on the first day of school, I could hardly sleep the night before. The image of college filled my mind all night until I fell asleep at some point in the night. I was the first to get up and get ready to go to college. The school was big with hundreds if not thousands of students. I was so little compared with all the other students in my class. As the final bell rang for school to be over, I was so excited to walk beside the main road from below General Hospital Bamenda to Ntarinkon, coming back from college. At last, I went to college and not my uncle`s carpentry workshop.

그가 그것을 나에게 주었다; 열 일곱 살 짜리가 열세 살 짜리에게 교복을 주는 것을 상상해 보라. 교복은 전혀 맞지 않았지만, 나는 크게 신경 쓰지 않았다.

V 자매가 바지 다리 부분을 줄여서 맞도록 도와주었다.

개학 첫날, 나는 전날 밤 거의 잠을 이룰 수 없었다. 대학의 이미지가 밤새도록 머릿속을 가득 채웠고, 어느새 잠이 들었다. 나는 가장 먼저 일어나 대학에 갈 준비를 했다. 학교는 수백 명 아니 수천 명이 있는 큰 학교였다. 우리 반 다른 학생들에 비하면 나는 너무나 보잘것없는 존재였다. 마지막 수업 종이 울렸을 때, 나는 바멘다 종합병원 아래에서 은타린콘까지 이어지는 큰길을 따라 대학에서 돌아오는 길에 너무 신이 났다. 마침내 삼촌의 목공소가 아닌 대학에 진학하게 되었다.

I WANT TO GO TO COLLEGE

Mind control techniques for achieving goals

목표 달성을 위한 마인드 컨트롤 테크닉

1. Believe in Yourself

Trust in your abilities and potential. Self-belief is a powerful tool that can help you overcome many obstacles.

2. Set Clear Goals

Having specific, achievable goals gives you something to strive for and helps you stay focused. Break down larger goals into smaller, manageable steps.

3. Seek Support

Don't hesitate to reach out to family, friends, teachers, or mentors for support. Sharing your struggles with someone who cares can provide comfort and practical help.

4. Stay Positive

Try to maintain a positive outlook, even when things are tough. Focus on what you can control and look for the silver linings in difficult situations.

5. Find Joy in Small Things

Celebrate small victories and find joy in everyday moments. These can provide muchneeded motivation and happiness.

1. 자신을 믿어라

자신의 능력과 잠재력을 믿어라. 자신감은 많은 장애물을 극복하는 데 도움이 되는 강력한 도구다.

2. 명확한 목표를 세워라

구체적이고 달성 가능한 목표를 가지는 것은 노력할 동기를 부여하고 집중력을 유지하는 데 도움이 된다. 큰 목표를 작고 관리하기 쉬운 단계로 나누어라.

3. 지원을 구하라

가족, 친구, 선생님, 멘토에게 지원을 요청하는 것을 주저하지 말아라. 걱정해 주는 사람과 어려움을 나누면 위로와 실질적인 도움을 받을 수 있다.

4. 긍정적인 마음을 유지하라

힘든 상황에서도 긍정적인 전망을 유지하려고 노력하라. 자신이 통제할 수 있 는 것에 집중하고 어려운 상황에서도 긍정적인 면을 찾아라.

5. 작은 것에서 기쁨을 찾아라

작은 승리를 축하하고 일상의 순간에서 기쁨을 찾아라. 이러한 순간들은 절실히 필요한 동기 부여와 행복을 줄 수 있다.

6. Stay Persistent

Challenges are a part of life, but persistence is key. Keep pushing forward, even when progress seems slow. Your hard work will pay off in the long run.

7. Learn and Adapt

Be open to learning from your experiences and adapting your approach as needed. Flexibility can help you navigate obstacles more effectively.

8. Believe in Yourself

Trust in your abilities and potential. Self-belief is a powerful tool that can help you overcome many obstacles.

9. Set Clear Goals

Having specific, achievable goals gives you something to strive for and helps you stay focused. Break down larger goals into smaller, manageable steps.

10. Seek Support

Don't hesitate to reach out to family, friends, teachers, or mentors for support. Sharing your struggles with someone who cares can provide comfort and practical help.

6. 끈기를 가져라

도전은 삶의 일부지만, 끈기가 열쇠다. 진전이 더딘 것처럼 보일 때도 계속 추진하라. 노력은 장기적으로 결실을 맺을 것이다.

7. 배우고 적응하라

열린 마음으로 경험을 통해 배우고 필요에 따라 접근 방식을 조정한다. 유연성은 장애물을 더 효과적으로 헤쳐 나가는 데 도움이 될 수 있다.

8. 자신을 믿어라

자신의 능력과 잠재력을 믿어라. 자기 자신에 대한 믿음은 많은 장애물을 극복하는 데 도움이 되는 강력한 도구다.

9. 명확한 목표를 설정하라

구체적이고 달성 가능한 목표는 노력할 동기를 부여하고 집중력을 유지하는 데 도움이 된다. 큰 목표를 작고 관리하기 쉬운 단계로 나누어라.

10. 지원을 구하라

가족, 친구, 선생님, 멘토에게 지원을 요청하는 것을 주저하지 말아라. 걱정해 주는 사람과 어려움을 나누면 위로와 실질적인 도움을 받을 수 있다.

11. Stay Positive

Try to maintain a positive outlook, even when things are tough. Focus on what you can control and look for the silver linings in difficult situations.

12. Find Joy in Small Things

Celebrate small victories and find joy in everyday moments. These can provide muchneeded motivation and happiness.

13. Stay Persistent

Challenges are a part of life, but persistence is key. Keep pushing forward, even when progress seems slow. Your hard work will pay off in the long run.

14. Learn and Adapt

Be open to learning from your experiences and adapting your approach as needed. Flexibility can help you navigate obstacles more effectively.

15. Take Care of Yourself

Make sure to take care of your physical and mental health. Eat well, get enough rest, and find time for activities that relax and rejuvenate you.

11. 긍정적인 마음을 유지하라

힘든 상황에서도 긍정적인 전망을 유지하려고 노력하라. 자신이 통제할 수 있는 것에 집중하고 어려운 상황에서도 긍정적인 면을 찾아라.

12. 작은 것에서 기쁨을 찾아라

작은 승리를 축하하고 일상의 순간에서 기쁨을 찾아라. 이러한 순간들은 절실히 필요한 동기 부여와 행복을 줄 수 있다.

13. 끈기를 가져라

도전은 삶의 일부지만, 끈기가 열쇠다. 진전이 더딘 것처럼 보일 때도 계속 추진하라. 노력은 장기적으로 결실을 맺을 것이다.

14. 배우고 적응하라

열린 마음으로 경험을 통해 배우고 필요에 따라 접근 방식을 조정하라. 유연성은 장애물을 더 효과적으로 헤쳐 나가는 데 도움이 될 수 있다.

15. 자신을 돌보아라

신체적, 정신적 건강을 잘 관리하라. 잘 먹고, 충분한 휴식을 취하고, 긴장을 풀고 활력을 되찾는 활동을 위한 시간을 찾아라.

Remember, every challenge you overcome makes you stronger and more resilient. Keep believing in yourself and your dreams.

Handling self-doubt and moments of discouragement can be challenging, but here are some strategies that might help:

16. Acknowledge Your Feelings

It's okay to feel selfdoubt or discouragement. Recognize these feelings without judgment and understand that they are a natural part of the journey.

17. Reflect on Past Successes

Remind yourself of the challenges you've already overcome and the successes you've achieved. This can boost your confidence and remind you of your capabilities.

18. Positive Self-Talk

Replace negative thoughts with positive affirmations. Encourage yourself with kind and motivating words, just as you would support a friend.

기억하라, 당신이 극복하는 모든 어려움은 당신을 더 강하고 회복력 있게 만든다. 자신과 자신의 꿈을 계속 믿어라.

자기 의심과 낙담의 순간을 다루는 것은 어려울 수 있지만, 도움이 될 수 있는 몇 가지 전략이 있다.

16. 자신의 감정을 인정하라

자기 의심이나 낙담을 느끼는 것은 괜찮다. 이러한 감정을 판단하지 않고 인정하고, 이러한 감정이 여정의 자연스러운 부분임을 이해하라.

17. 과거의 성공을 되돌아보라

이미 극복했던 어려움과 이룬 성공을 떠올려 보라. 이는 자신감을 높이고 자신의 능력을 상기시켜 줄 수 있다.

18. 긍정적인 자기 대화

부정적인 생각을 긍정적인 확언으로 바꾸어라. 친구를 격려하듯 친절하고 동기를 부여하는 말로 자신을 격려하라.

19. Break Down Goals

When feeling overwhelmed, break your goals into smaller, more manageable tasks. This makes it easier to see progress and reduces feelings of being stuck.

20. Seek Support

Talk to someone you trust about your feelings. Sometimes, just sharing your thoughts can provide relief and new perspectives.

21. Take Action

Even small steps can help combat feelings of self-doubt. Taking action, no matter how minor, can build momentum and improve your confidence.

22. Learn from Setbacks

View setbacks as learning opportunities rather than failures. Reflect on what you can learn from the experience and how you can apply it moving forward.

23. Practice Self-Care

Ensure you're taking care of your physical and mental health. Regular exercise, a balanced diet, and sufficient rest can significantly impact your mood and resilience.

19. 목표를 세분화하라

압도감을 느낄 때는 목표를 더 작고 관리하기 쉬운 과업으로 나누어라. 이것은 진행 상황을 더 쉽게 볼 수 있게 하고 막혔다는 느낌을 줄인다.

20. 지지를 구하라

신뢰하는 사람에게 자신의 감정에 대해 이야기하라. 때로는 생각을 공유하는 것만으로도 위안과 새로운 관점을 얻을 수 있습니다.

21. 조치를 취하라

작은 단계라도 자기 의심의 느낌을 극복하는 데 도움이 될 수 있다. 아무리 사소하더라도 조치를 취하면 추진력을 얻고 자신감을 향상시킬 수 있다.

22. 좌절에서 배워라

좌절을 실패가 아닌 배움의 기회로 여겨라. 경험을 통해 무엇을 배우고 앞으로 나아가는데 어떻게 적용할 수 있는지 생각해 보라.

23. 자기 관리를 실천하라

신체적, 정신적 건강을 잘 관리하라. 규칙적인 운동, 균형 잡힌 식단, 충분한 휴식은 기분과 회복력에 큰 영향을 미칠 수 있다.

24. Stay Connected to Your Purpose

Remind yourself why you started your journey and what you hope to achieve. Keeping your purpose in mind can provide motivation during tough times.

25. Be Patient with Yourself

Understand that growth and progress take time. Be patient and compassionate with yourself as you navigate through challenges.

Remember, everyone experiences self-doubt and discouragement at times. It's how you respond to these feelings that makes the difference. Keep believing in yourself and your journey.

Building resilience is crucial for navigating adversity. Here are some strategies that can help :

26. Cultivate a Positive Mindset

Focus on positive aspects of your life and practice gratitude. This can help shift your perspective and improve your overall outlook.

24. 목적과 연결을 유지하라

왜 이 여정을 시작했는지, 무엇을 이루고 싶은지 스스로에게 상기시켜라. 목적을 염두에 두면 힘든 시기에 동기를 부여할 수 있다.

25. 자신에게 인내심을 가져라

성장과 발전에는 시간이 걸린다는 것을 이해하라. 어려움을 헤쳐 나가는 동안 자신에게 인내심을 갖고 연민을 가져라.

모든 사람이 때때로 자기 의심과 낙담을 경험한다는 것을 기억하라. 중요한 것은 이러한 감정에 어떻게 반응하느냐 이다. 자신과 자신의 여정을 계속 믿어라.

역경을 헤쳐 나가는 데는 회복탄력성을 키우는 것이 매우 중요하다. 여기 도움이 될 수 있는 몇 가지 전략이 있다.

26. 긍정적인 사고방식을 기른다

삶의 긍정적인 면에 집중하고 감사하는 마음을 실천한다. 이는 관점을 바꾸고 전반적인 전망을 개선하는 데 도움이 될 수 있다.

27. Develop Strong Relationships

Surround yourself with supportive and caring people. Building a network of friends, family, and mentors can provide emotional support and practical advice.

28. Set Realistic Goals

Break down your goals into smaller, achievable steps. This makes it easier to track progress and stay motivated.

29. Learn from Experiences

Reflect on past challenges and how you overcame them. Use these experiences as learning opportunities to build your resilience.

30. Stay Flexible

Be open to change and adapt your plans as needed. Flexibility can help you navigate unexpected obstacles more effectively.

31. Practice Self-Care

Take care of your physical and mental health. Regular exercise, a balanced diet, sufficient sleep, and relaxation techniques like meditation can boost your resilience.

27. 든든한 관계를 쌓는다

지지적이고 배려심 깊은 사람들과 함께한다. 친구, 가족, 멘토의 네트워크를 구축하면 정서적인 지지와 실질적인 조언을 얻을 수 있다.

28. 현실적인 목표를 설정한다

목표를 작고 달성 가능한 단계로 나눈다. 이렇게 하면 진행 상황을 추적하고 동기를 유지하기가 더 쉬워진다.

29. 경험에서 배운다

과거의 어려움과 그것을 어떻게 극복했는지 되돌아본다. 이러한 경험을 회복탄력성을 키우는 학습 기회로 삼는다.

30. 유연성을 유지한다

변화에 열린 마음으로 임하고 필요에 따라 계획을 조정한다. 유연성은 예상치 못한 장애물을 더 효과적으로 헤쳐 나가는데 도움이 될 수 있다.

31. 자기 관리를 실천한다

신체적, 정신적 건강을 잘 관리한다. 규칙적인 운동, 균형 잡힌 식단, 충분한 수면, 그리고 명상과 같은 휴식 기법은 회복탄력성을 높일 수 있다.

32. Maintain a Sense of Purpose

Keep your long-term goals and values in mind. Having a clear sense of purpose can provide direction and motivation during tough times.

33. Develop Problem-Solving Skills

Work on your ability to solve problems and make decisions. This can help you feel more in control and capable of handling challenges.

34. Seek Help When Needed

Don't hesitate to ask for help from friends, family, or professionals. Seeking support is a sign of strength, not weakness.

35. Stay Optimistic

Try to maintain a hopeful outlook. Optimism can help you see opportunities in difficulties and stay motivated to overcome them.

Remember, resilience is not about avoiding difficulties but about learning to thrive despite them. Keep believing in yourself and your ability to overcome challenges.

32. 목적의식을 유지한다

장기적인 목표와 가치를 염두에 둔다. 명확한 목적의식을 가지는 것은 어려운 시기에 방향과 동기를 부여할 수 있다.

33. 문제 해결 능력을 개발한다

문제 해결 및 의사 결정 능력을 향상시킨다. 이것은 통제력을 높이고 어려움을 처리할 수 있는 능력을 키우는 것을 도울 수 있다.

34. 필요할 때 도움을 구한다

친구, 가족 또는 전문가에게 도움을 요청하는 것을 주저하지 않는다. 도움을 요청하는 것은 약점이 아닌 강점의 표시다.

35. 낙관적인 태도를 유지한다

희망적인 전망을 유지하도록 노력한다. 낙관적인 태도는 어려움 속에서 기회를 발견하고 극복할 동기를 유지하는 데 도움이 될 수 있다.

기억하라, 회복탄력성은 어려움을 피하는 것이 아니라 어려움 속에서도 잘 살아가는 법을 배우는 것이다. 자신과 어려움을 극복하는 자신의 능력을 계속 믿어라.

Dedications

To my loving wife, Salome Ghong, whose unwavering support and love has been my guiding light. You inspired me to go back to my past and see what made me who I am.

To my wonderful children, Gina, Brita, Chris Jr., and Ethan Caspa, who bring joy, inspiration, and purpose to my life. You have always been curious about my childhood and the experiences that shaped me.

This book is not just my story but a testament to the lessons, challenges, and triumphs that made me who I am today. My stories were a source of amusement to your ears.

You never got tired or bored of my stories and experiences, and I hope they bring the same joy and inspiration to children around the world who face challenges in their pursuit of education and success.

Remember, challenges make us strong, not weak. Never give up on your dreams, no matter the challenges you face.

헌 정

변함없는 지지와 사랑으로 내 삶의 등불이 되어 준 사랑하는 아내 살로메 공에게. 당신은 내 과거를 되돌아보고 무엇이 나를 지금의 나로 만들었는지 되돌아보도록 영감을 주었다.

내 삶에 기쁨과 영감, 그리고 목적을 가져다주는 사랑스러운 아이들 지나, 브리타, 크리스 주니어, 그리고 에단 카스파에게. 너희들은 항상 내 어린 시절과 나를 형성한 경험들에 대해 궁금해했다.

이 책은 단순한 내 이야기가 아니라, 오늘날의 나를 있게 한 교훈, 도전, 그리고 승리에 대한 증거다. 내 이야기들은 너희들의 귀에 즐거움을 선사했다.

내 이야기와 경험에 너희들은 결코 지치거나 지루해 하지 않았다. 그 이야기들이 교육과 성공을 향해 나아가는 전 세계 아이들에게도 같은 기쁨과 영감을 주기를 바란다.

기억하라, 도전은 우리를 약하게 만드는 것이 아니라 강하게 만든다. 어떤 어려움에 직면하더라도 절대 꿈을 포기하지 말아라.

대학에 가고 싶다

I WANT TO GO TO COLLEGE

발　행 2026년 1월 2일 초판발행

저　자 크리스 카스파(Chrysanthus Fogha Caspa)

발행인 석종환

교　정 박경선

발행처 도서출판 예 림

등록번호 제1-2685호

경기도 남양주시 다산순환로 20번길 현대지식산업센터 D동 2층 27호

Tel : 02) 921-6045

Fax : 02) 921-4524

E-mail : yaelim21c@hanmail.net

홈페이지 : www.yelimbook.com

ISBN : 978-89-6475-206-7

Edit in Chief Chris Caspa
Art Designer Suk Jong-hwan
Publisher Suk Jong-hwan

http://www.yelimbook.com
Publishing House YELIM PUBLISHING
20, Dasansunhwan-ro, Namyangju-si, Gyeonggi-do, Korea
Hyundai Premier DA 02-0027

정가 15,000원

※ 잘못된 책은 바꾸어 드립니다.